Dino

DER SIEBTE TURM™

DER VIOLETTE SONNENSTEIN

Garth Nix

Ins Deutsche übertragen von Dominik Kuhn

Dino

Die Reihe „Der Siebte Turm" ist all jenen bei Scholastic und Lucasfilm gewidmet - in allen Abteilungen -, die so engagiert daran gearbeitet haben; und allen Buchhändlern, die den Lesern den Siebten Turm so enthusiastisch nahe brachten. Dieser letzte Band ist ganz besonders drei Personen gewidmet, die maßgeblich dazu beigetragen haben, dass diese Bücher überhaupt geschrieben wurden: meiner Frau Anna McFarlane, meiner Agentin Jill Grinberg und David Levithan, einem Redakteur der höchsten Violetten Ebene.

Die Deutsche Bibliothek – CIP-Einheitsaufnahme
Ein Titeldatensatz für diese Publikation ist bei der Deutschen Bibliothek erhältlich.

Dieses Buch wurde auf chlorfreiem, umweltfreundlich hergestelltem Papier gedruckt. In neuer Rechtschreibung.

Deutsche Ausgabe 2002 by Dino entertainment AG,
Rotebühlstraße 87, 70178 Stuttgart

Titel der amerikanischen Originalausgabe: „The Seventh Tower – Book 6: The Violet Keystone"

Übersetzung: Dominik Kuhn
Redaktion: Mathias Ulinski, Holger Wiest
Chefredaktion: Jo Löffler
Umschlaggestaltung: TAB Werbung GmbH, Stuttgart,
Cover Art by Rene Borst
Satz: Greiner & Reichel, Köln
Druck: Ebner & Spiegel, Ulm
ISBN: 3-89748-555-9

Dino entertainment AG im Internet: www.dinoAG.de
Bücher – Magazine – Comics

• KAPITEL •
EINS

Tal kam sehr langsam und immer nur für kurze Zeit wieder zu Bewusstsein. Das erste Mal dauerte es nur ein paar Sekunden. Er spürte, dass er kopfüber von jemandem oder etwas getragen wurde, wobei sein Gesicht beinahe am Boden schleifte. Dann wurde ihm wieder schwarz vor Augen. Als er das zweite Mal zu sich kam, versuchte er, seine Hände zu bewegen, was ihm aber nicht gelang, weil sie hinter seinem Rücken gefesselt waren. Ihm war schlecht und er musste sich übergeben. Irgendjemand stieß angewidert einen Schrei aus und versetzte ihm einen Schlag. Wieder wurde es dunkel um Tal.

Als er zum dritten Mal wieder zu Bewusstsein kam, dauerte es recht lange, bis er herausgefunden hatte, wo er sich befand. Es war noch immer dunkel, jedoch nicht so pechschwarz wie draußen auf dem Eis, außerhalb des Schlosses. Nicht weit entfernt sah er das konstante Licht eines Sonnensteins. Seine Arme waren nicht mehr gefesselt, doch als er sie ausstreckte, traf er gegen ein Hindernis. Er versuchte aufzustehen, schlug sich aber den Kopf an. Er versuchte die Beine auszustrecken, doch es ging nicht.

In gebückter Haltung tastete Tal den Bereich über seinem Kopf ab. Seine Hände glitten sofort über glatten Kristall, der sich bogenförmig nach unten erstreckte.

Er befand sich in einer Kugel. Einer Kristallkugel.

Tal kannte nur eine solche Kugel. Er spürte, wie Angst in seinen Magen fuhr und ihm einen kalten Schauder den Rücken hinab jagte.

Er war in der Bestrafungskugel im Saal der Albträume gefangen.

Tals Augen gewöhnten sich langsam an das matte Licht. Er konnte jetzt den Umriss der Kugel um ihn herum sehen. Dahinter erkannte er die silbernen Ständer mit den Sonnensteinen darauf, die die Albtraum-Maschine steuerten. Die Steine waren im Augenblick dunkel und die Maschine schwieg.

Tal hörte, wie sich eine Tür scharrend öffnete. In der Entfernung flammte ein einzelnes Licht auf und wurde heller. Es stammte von einem Sonnenstein – einem Sonnenstein in der Hand eines Mannes, der von allen Erwählten gefürchtet wurde. Ein Mann, dessen Name von Erwählten Eltern genannt wurde, um ihren aufmüpfigen Kindern Angst einzuflößen.

Fashnek.

Halb Mensch, halb Schatten. Meister des Saales der Abträume. Ein großer, beinahe skelettdünner Mann, dessen lange, schwarze Haare wie unbändige Tentakel zu beiden Seiten seines Gesichts herabhingen. Von seiner linken Schulter bis hinunter zu seiner Hüfte bestand Fashnek aus Schatten. Vor langer Zeit hatte irgendetwas seinen Arm und einen Großteil seiner Brust und seines Bauches herausgebissen. Nur sein Geistschatten hatte ihn am Leben erhalten, er war seitdem mit Fashneks Fleisch verwachsen. Vielleicht wäre das Resultat weniger Furcht erregend gewesen, wenn der Schatten zumindest eine annähernd humanoide Form gehabt hätte; doch dem war nicht so. Er war ein gewaltiges aenirisches Insekt mit sechs vielgliedrigen Beinen und einem ekelhaften, schlanken Kopf, der in einem blutegelartigen runden Mund endete.

Fashneks Gang war eine Mischung aus Humpeln und Schlurfen. Zwei andere Geistschatten begleiteten ihn mit ein paar Schritten Abstand. Es mussten freie Geistschatten sein – eigentlich im Schloss verboten – denn es gab keinerlei Anzeichen von ihren Erwählten Meistern.

Einer der Schatten war ein Urgelgurgel, eine Kreatur, die an einen riesigen, umgedrehten Pilz erinnerte. Das Biest hüpfte immer hin und her, überschlug sich manchmal oder faltete blitzartig seinen scheibenförmigen Körper zusammen. In Aenir gruben sich Urgelgurgels in den weichen Boden ein, sprangen dann über ihr Opfer, umschlossen es vollkommen und spritzten aus ihrem zentralen ‚Stiel' eine extrem konzentrierte Säure über ihre Mahlzeit. Auch als Geistschatten konnten sie eine ätzende Schattenflüssigkeit versprühen.

Der andere Geistschatten war eine der humanoiden Kreaturen mit schmaler Taille und breiten Schultern, die von der Imperialen Garde bevorzugt wurden. Tal kannte den Namen nicht.

Fashnek stolperte, als er auf die Kugel zukam, in der Tal gefangen war. Sowohl seine natürliche Hand als auch seine insektoide Schattenzange griffen nach einer der Traummaschinen und fingen seinen Sturz gerade noch auf. Fashnek richtete sich wütend auf und drehte sich mit grimmiger Miene zu den Geistschatten um.

„Passt doch auf!“, rief er. „Und haltet Abstand!“

Die Geistschatten zogen sich ein wenig zurück, obwohl der Sturz sicher nicht ihre Schuld gewesen war.

Tal blieb regungslos liegen. Die Sonnensteine rund um die Kugel erwachten langsam zu Leben, ausgelöst durch Fashneks Ankunft. Dem Erwählten Jungen war schlecht und er wusste nicht, wie er hierher gekommen war.

Langsam erinnerte er sich wieder daran. Es war, als müsste er die letzten Stücke eines Lichtpuzzles zusammenfügen, um ein Bild zu erhalten. Er war aus Aenir zurückgekehrt … Der Violette Schlüsselstein … Tal sah unbewusst zu seiner Hand hinunter. Sein halber Violetter Schlüsselstein war verschwunden. Aber hatte Sushin ihm den Stein abgenommen oder war es Graile – seiner Mutter – irgendwie gelungen, ihn an sich zu bringen? Er erinnerte sich an die Kugel mit Wasserspinnen-Gift, die Sushin auf ihn geworfen hatte. Tal hatte danach noch etwas zu Graile gesagt. Aber was? War es ihr gelungen vorzutäuschen, dass sie noch immer im Koma lag?

Irgendjemand musste ihm das Gegenmittel gegen das Wasserspinnen-Gift verabreicht haben, denn sonst wäre er noch immer bewusstlos. Oder das Gift war einfach nicht so wirksam, wenn es nicht von den Fängen einer Spinne injiziert wurde.

Fashnek blieb stehen, wobei er gegen eines der Sonnenstein-Stative stieß. Tal fiel auf, dass er entweder betrunken oder sehr nervös war. Das machte ihm Mut. Wenn sein Kerkermeister nervös war, war das für ihn sicher ein Vorteil.

Fashnek sah noch einmal über seine rechte, menschliche Schulter. Seine Nervosität übertrug sich offensichtlich, denn seine Geistschatten sahen ebenfalls zurück zur Tür.

Tal öffnete seine Augen nur ganz leicht, damit es noch immer so schien, als wäre er bewusstlos. Er wollte sich unbedingt umsehen, denn er spürte, dass sein Geistschatten – Adras – in der Nähe war. Doch den Kopf zu bewegen, wäre nicht weise gewesen. Besser still liegen bleiben und auf eine Gelegenheit warten, Fashnek zu überrumpeln.

Jemand klopfte an die Tür. Fashnek zuckte zusammen und die beiden Geistschatten liefen eilig dorthin, woher das Klopfen kam. Die Tür öffnete sich, noch bevor sie sie erreicht hatten, und ein Wächter der Erwählten kam herein, seinen Geistschatten dicht hinter sich.

„Was gibt es Neues?“, rief Fashnek. Er fiel beinahe um, als er sich umdrehte.

„Die Feinde sind bis zu den Roten Ebenen vorgedrungen, aber wir halten sie dort in Schach“, sagte der Wachmann zuversichtlich. „Sushin will wissen, was du von diesem Jungen über die … Eiscarls herausgefunden hast. Wir müssen über ihre Schwächen Bescheid wissen und ihre Anführer identifizieren können.“

„Ich … habe noch nicht begonnen“, stotterte Fashnek. „Das ist nicht so einfach …“

„Dann beeil dich“, sagte der Wachmann. „Der Violetteste Sushin erwartet innerhalb einer Stunde deinen Bericht.“

Damit drehte sich der Gardist um und verließ den Saal. Er schlug die Tür hinter sich zu.

„Der Violetteste? Der Violetteste?“, murmelte Fashnek. „Jetzt ist doch nicht die Zeit, solche Titel anzunehmen.“

Tal beobachtete, wie Fashnek näher an die Kugel humpelte. Mit seiner menschlichen Hand zog er unbeholfen einen Sonnenstein aus einer Tasche an seiner Hüfte. Sushin hatte sich also selbst zum *Violettesten* erklärt. Das war ein Schritt in eine klar erkennbare Richtung: Er würde den Erwählten bald mitteilen, dass die Imperatorin tot war und sich dann selbst zum Imperator ernennen. Vielleicht musste Sushin das tun, um den Violetten Schlüsselstein tragen zu dürfen, den Schlüsselstein, mit dessen Hilfe er den Schleier deaktivieren würde, der die ganze Welt vor der Sonne schützte – und damit vor den aenirischen Schatten, denen Sushin zweifelsfrei diente.

Tal musste Sushin aufhalten. Er lachte beinahe über sich selbst, als er darüber nachdachte. Er war im Saal der Albträume in der Kristallkugel gefangen und sein alles beherrschendes Gefühl war nicht Angst, sondern das Verlangen, auszubrechen und Sushin zu suchen; dessen Meister, den Geistschatten Sharrakor, und alle Geistschatten aus Aenir.

Fashnek ging zu einem der Sonnenstein-Ständer hinüber. Die Stative liefen auf Schienen, die in den Boden eingelassen waren, damit man sie in verschiedene Positionen schieben konnte. Tal starrte die Steine an, als Fashnek näher kam. Tief in sich spürte er die Macht der Sonnensteine auf eine Weise, die er so noch nicht erlebt hatte. Tal erkannte das Außergewöhnliche dieser Sonnensteine, die schon seit so langer Zeit auf üble Weise benutzt wurden. Sie waren von Albträumen, Angst und Schmerz beschmutzt. Aber er konnte sie eine Zeit lang für seine Zwecke einsetzen.

Es war wie ein sechster Sinn. Er wusste, dass er in Gedanken zu den Steinen hinausgreifen und versuchen konnte, ihre Kräfte zu kontrollieren.

Sonnensteine über eine Entfernung hinweg zu kontrollieren war die höchste Kunst der Lichtmagie der Erwählten. Es war noch nie geschehen, dass jemand den Sonnenstein eines anderen kontrolliert hatte. Doch Tal wusste, dass er es schaffen würde. Selbst wenn man ihm den Violetten Schlüsselstein abgenommen hatte – war er nicht der neu ernannte Imperator der Erwählten, wenn auch nur dem Titel nach?

Tal konzentrierte sich auf den Stein, der ihm am nächsten war. Er würde ihn kurz pulsieren lassen, nur um herauszufinden, ob er ihn kontrollieren konnte. Er spürte das stetige blaue Licht, griff mit seinen Gedanken hinaus und …

Das Licht des Steins pulsierte. Einmal … zweimal … dreimal.

Jetzt wusste er, dass er die Kontrolle über die Steine erlangen und sich selbst befreien konnte. Er erinnerte sich an die Lichtsequenz, die Ebbitt benutzt hatte, um Milla zu befreien. Er musste nichts weiter tun, als nach den anderen Steinen zu greifen. Adras war irgendwo in der Nähe. Mit seiner Hilfe und dem Überraschungsmoment konnte Tal Fashnek und die Geistschatten überrumpeln.

Tal seufzte erleichtert auf.

Doch das war ein Fehler. Fashnek sah schnell herüber und seine menschliche Hand schoss zu einem kleinen Bronzerad an der Seite der Traummaschine. Das Rad ließ sich leicht drehen.

Irgendetwas unter Tals Füßen zischte und er roch etwas unangenehm Süßliches. Gleichzeitig fiel ihm ein, was Milla ihm über die Kristallkugel erzählt hatte.

Betäubungsgas!

Es hatte sich tatsächlich schon eine dichte Wolke aus grünlichem Gas um seine Füße gebildet. Tal hielt den Atem an und konzentrierte sich verzweifelt auf die Sonnensteine. Zunächst erlangte er über einen, dann über den zweiten Kontrolle. Schweiß lief ihm über das Gesicht, als er sie im Griff behielt, ihre Farbe veränderte und sich auf den nächsten konzentrierte. Drei Sonnensteine ... vier Sonnensteine ... sieben musste er kontrollieren, um sich befreien zu können.

Tals Lunge schmerzte. Er versuchte verzweifelt, Luft zu bekommen. Fünf Sonnensteine mit blinkenden Farben. Fashnek drehte wie wild an dem Rad und ließ noch mehr Gas einfließen. Die Geistschatten kamen näher und liefen um die Kugel herum.

Sechs Sonnensteine. Tal griff nach dem siebten. Ein furchtbarer, stechender Schmerz fuhr ihm in den Kopf. Er stöhnte vor Schmerz und atmete ein.

Für den Bruchteil einer Sekunde hatte Tal alle sieben Sonnensteine unter Kontrolle. Doch es waren die falschen Farben und in dieser einen Sekunde entfaltete das Gas seine volle Wirkung.

Tal rutschte ohnmächtig auf den Boden der Kristallkugel. Die sieben Sonnensteine nahmen wieder ihre ursprünglichen Farben an.

Fashnek wischte sich mit seiner gesunden Hand den Schweiß von der Stirn und sah in alle Richtungen, als suchte er einen Fluchtweg. Aber es gab keinen Ausweg. Sushin wollte Antworten haben und es gab nur eine Möglichkeit, wie Fashnek sie erhalten konnte.

Langsam näherte er sich der Kristallkugel. In der rechten, menschlichen Hand hielt er einen Sonnenstein, während die Schattenzange, die seinen linken Arm ersetzte, durch die Kristallwand griff. Fashnek zögerte. Die Geistschatten hüpften aufgeregt neben ihm auf und ab. Dann schob er seine Schattenzange weiter in die Kugel und griff damit nach Tals Kopf.

• KAPITEL •
ZWEI

Milla Krallenhand, Kriegsführerin der Eiscarls, ließ ihre Hand erschöpft sinken. Die Kralle von Danir, die sie am Finger trug und mit der sie gerade einem Geistschatten den Kopf abgetrennt hatte, schrumpfte wieder auf die Größe eines normalen Fingernagels. Nur das glitzernde Licht der Kristallform deutete auf die nun schlafenden Kräfte der Kralle hin.

„Wir haben sie zurückgetrieben, zumindest vorübergehend", berichtete Saylsen, die älteste Schildmutter. Sie hob zum Sprechen ihre Maske und brachte ein vernarbtes und geschundenes Gesicht zum Vorschein. Ihre Augen hatten sicher dreißig oder vierzig Umrundungen voller Schlachten auf dem Eis gesehen. Doch nichts von dem, was sie erlebt hatte, hatte sie auf einen Kampf im Schloss der Erwählten vorbereiten können, wo der Feind Lichtmagie beherrschte und Geistschatten durch Wände und Böden drangen. „Wie lautet der Befehl der Kriegsführerin?"

Milla ließ den Blick über ihre erschöpfte und immer kleiner werdende Truppe schweifen. Auch ihr Geistschatten Odris gehörte dazu, eine für einen Eiscarl einzigartige Begleiterin. Wie immer hielt Odris respektvollen Abstand von der Kralle an Millas Hand, die Geistschatten tötete. Dann waren da noch Schildjungfrauen und Eiscarl-Jäger sowie der anscheinend unbesiegbare Schwert-Thane Jarek der Wilde. Er war ein wütender Kämpfer mit leuchtend blauer Haut. Die Farbe stammte von einem Bad in Norrwurm-Blut, das seine Haut – außer einigen Flecken an seinen Augen, der Nase und dem Mund – in etwas verwandelt hatte, das undurchdringlicher war als eine Selski-Panzerung. Jarek trug kein Hemd und auch seine Hose war ein Zeichen seines Sieges über die Norrwürmer, denn sie bestand aus deren schuppiger Haut. Seine Waffe war eine Kette aus goldfarbenem Metall, die er um die Hüfte trug, wenn er sie nicht gerade in der Hand hielt.

Jetzt, nachdem sein Kampfeswahn abgeklungen war, saß er im Schneidersitz und starrte mit leerem Blick auf den Boden. Der Wahn war so schnell verflogen wie er gekommen war – sonst würde Jarek jetzt noch immer rücksichtslos Erwählte jagen. Jarek hatte mindestens ein Dutzend Schnitt- oder Brandwunden, vor allem im Gesicht. Die Erwählten hatten schließlich herausgefunden, dass sie einen Roten Strahl der Zerstörung durch ein Auge oder den offenen Mund würden schicken müssen, um ihn zu töten.

Jarek hatte sie in ihre momentane Lage gebracht, obwohl

Milla den Angriff zunächst als Chance betrachtet hatte. Nachdem seine Begleiterin Kirr umgekommen war, hatte er alle in einem wahnsinnigen Sturm auf die Große Treppe des Schlosses geführt und mit seiner wirbelnden goldenen Kette alle zu Brei, Fleisch und Schatten gehauen, die sich ihm widersetzt hatten. Erwählte und Geistschatten hatten die Flucht vor ihm sowie vor Milla und den Eiscarls ergriffen, die ihm sofort gefolgt waren.

Sie hatten die Treppe im Verlauf dieses einen wilden Angriffs leer gefegt und waren in einen dahinter liegenden, größeren Saal vorgedrungen. Doch dann war der Vorstoß stecken geblieben. Aus den höheren Ebenen war Verstärkung der Erwählten gekommen, einschließlich vieler Geistschatten und Gardisten, die die gefährlichsten Lichtmagien beherrschten.

Nachdem sie von drei Seiten mit einem Sperrfeuer aus Roten Strahlen und anderen Lichtmagien angegriffen worden waren, hatte Milla den Rückzug angeordnet. Doch dabei hatte sie feststellen müssen, dass ihre kleine Truppe durch eine größere Gruppe Erwählter von der Großen Treppe abgeschnitten worden war. Die Erwählten hatten ihr Wissen über geheime Durchgänge des Schlosses benutzt, um hinter die Eindringlinge zu gelangen. Da sie über die Treppe nun nicht mehr hinunterkommen konnten, hatte Milla ihre Truppe in die Untervolk-Korridore geführt, ein Labyrinth aus engen Durchgängen, in dem sich die Diener der Erwählten durch das Schloss bewegen konnten, ohne ihre Meister zu stören.

Doch die Erwählten waren ihnen gefolgt und welche Gabelung Milla auch gewählt hatte, der Feind schien immer vor ihnen zu sein. Immer mehr Erwählte und Geistschatten hatten sie eingekesselt. Milla hatte versucht, einen Ausbruch durch die anscheinend schwächste Flanke zu unternehmen, doch es waren zu viele Erwählte und ihre Verstärkung war sofort erschienen. Milla hätte sich mit Hilfe der Kralle allein durchschlagen können, jedoch nur auf Kosten ihrer Truppe.

„Wir werden hier die Stellung halten", sagte Milla zu Saylsen. ‚Hier' war eine große Lagerkammer der Untervölkler, eine grob aus dem Fels geschlagene Kaverne mit mindestens zweihundert Spannen Durchmesser und einer recht hohen Decke. Der Raum hatte fünf Türen verschiedenster Größe, die jetzt von den Eiscarls gesichert worden waren. Milla war klar, dass hinter jedem Ausgang die Erwählten lauerten. Die Türen würden keine Geistschatten aufhalten – und auch keine Erwählten, wenn sie sich mit Lichtstrahlen hindurchschießen würden.

Sie hatten keine andere Wahl, als diesen Raum zu halten.

„Wir werden hier ein Schiffsfort bilden", erklärte Milla. Sie zeigte auf die Fässer und vollen Säcke, die überall an den Wänden standen. „Wir werden es halten, bis die Hauptstreitmacht eintrifft."

Saylsen nickte und begann sofort, anderen Eiscarls Befehle zuzurufen. Milla zählte die Mannschaft, als sie Fässer umherrollten und mit Säcken Schutzwälle bauten. Einer der Säcke platzte und ließ glänzende, schwarze Samenkapseln über einen der Eiscarls regnen. Das lenkte Milla einen Moment von ihrer Zählung ab, doch sie waren ohnehin so wenig Überlebende, dass sich das Zählen nicht mehr lohnte. Insgesamt nur vierzehn. Sie selbst, Odris, Saylsen, Jarek, die Crone Malen, fünf Schildjungfrauen und vier Eiscarl-Jäger.

Malen stand allein und vollkommen ruhig da. Ihre Hände hatte sie an die Schläfen gelegt. Milla wusste, dass sie mit den anderen Cronen Kontakt aufnehmen wollte, aber jung und unerfahren wie sie war, hatte Malen erst jetzt festgestellt, dass sie den eigenwilligen Kollektiv-Verstand der Cronen nur erreichen konnte, wenn sie vollkommen ruhig und entspannt war – das absolute Gegenteil einer Kampfsituation.

Da sie über Malen nicht mit den Cronen in Kontakt treten konnte, wusste Milla auch nicht, wo sich die Hauptstreitmacht der Eiscarls gerade befand. Sie könnte noch immer am Berg des Lichtes oder bereits in die Untervolk-Ebenen vorgedrungen sein. Milla wusste ebenso wenig, was der Rest ihrer Vorhut machte, die über die Ebenen der Untervölkler verteilt war. Im Nachhinein betrachtet, war es ein schwer wiegender Fehler gewesen, die Große Treppe zu stürmen. Zumindest war es falsch gewesen weiterzupreschen, nachdem sie den Feind ein erstes Mal zurückgedrängt hatten.

Für diesen Fehler würde Milla möglicherweise mit ihrem Leben bezahlen. Und mit dem Leben aller, die sie anführte.

Malen ließ die Hände sinken und Milla wusste auch ohne zu fragen, dass die Crone keinen Erfolg gehabt hatte. Es war deutlich an ihrem Gesichtsausdruck und ihrer Körperhaltung abzulesen.

„Neuigkeiten?“

Malen schüttelte den Kopf. In ihren Augenwinkeln lagen Tränen – keine Tränen der Trauer, sondern der äußersten Konzentration.

„Ich kann meine Gedanken nicht zur Ruhe bringen“, sagte Malen. „Das ist die erste Lektion, die die Cronen lernen, aber ich kann es nicht mehr … ich hätte niemals geglaubt, dass das geschehen könnte.“

Sie richtete sich auf und schlug ihre Fäuste zusammen, bevor sie weitersprach.

„Ich habe dich enttäuscht, Kriegsführerin“, sagte sie. „Falls wir diesen Kampf überleben sollten, werde ich darum bitten, auf das Eis gehen zu dürfen.“

Milla zog eine Grimasse. Hatte sie auf die Cronen auch so gewirkt? Wie eine stolze, junge Eiscarl-Frau, die lieber um den Tod auf dem Eis bat, als sich den Problemen zu stellen, die ihr bevorstanden?

„Das wird nicht nötig sein“, sagte Milla scharf. „Du hast weder mich noch sonst jemanden enttäuscht. Cronen ziehen nicht in den Kampf und ich gehe davon aus, dass du sie deshalb nicht erreichst. Ich bin mir sicher, dass du die Cronen wieder hören wirst. Aber wir beide sollten erst einmal Fässer verschieben. Die Erwählten werden bald angreifen."

Malen schlug noch einmal ihre Fäuste zusammen, aber Milla ließ sich nicht täuschen. Sie kannte diesen Blick. Malen *würde* darum bitten, auf das Eis gehen zu dürfen. Wie auch immer, dachte Milla, das war ein Problem für später. Es bestand so oder so nur eine sehr geringe Chance, dass sie hier lebend herauskamen. Sie wandte der Crone den Rücken zu und half ein paar Schildjungfrauen, die ein besonders großes und schweres Fass zur schnell wachsenden Festung in der Mitte der Höhle rollten.

• KAPITEL •
DREI

Tal öffnete die Augen. Die Kristallkugel war verschwunden. Er lag irgendwo auf dem Boden und in der Ferne hörte er den Singsang einer Stimme. Tal setzte sich auf und sah, dass er im Oberstufen-Lektorium lag, zwischen zwei Schreibtischen in der letzten Reihe des Auditoriums. Der Saal war bis auf ihn selbst und den Lektor leer. Der stand hinter der Kanzel in der Mitte und redete.

Es war Lektor Roum, Tals Oberlehrer. Ein großer und kräftig gebauter Erwählter, Hellstern der Blauen und so stolz, dass er seinen Bart hatte blau färben und kleine Sonnensteine einweben lassen.

„Dein Vater wird vermisst", brüllte Lektor Roum plötzlich und zeigte mit dem Finger auf Tal. „Es wird davon ausgegangen, dass er tot ist!"

Noch als die Stimme des Lektors durch den Saal hallte, brach seine Haut auf wie die einer überreifen Frucht und brachte einen Geistschatten zum Vorschein. Es war ein riesiger Geistschatten, eine formlose Masse aus Dunkelheit, die ohne Unterlass aus dem Körper des Erwählten quoll. Der Schatten war wie eine unaufhaltsame, schwarze Flut, die die Treppen hochschwappte und nach Tal griff.

Tal drehte sich um, um wegzulaufen, machte einen Schritt und rutschte plötzlich von einer der goldenen Stangen, an denen die Sonnenstein-Netze hoch oben am Roten Turm hingen. Tals Fuß trat ins Leere.

Tal schrie und versuchte, etwas zu fassen zu bekommen. Seine Arme und Beine wirbelten durch die Luft und er stürzte ab.

Erst jetzt wurde ihm klar, dass er sich im Wachzustand in einem Traum befand. Nein, es war kein Traum.

Es war ein Albtraum.

Tal schloss die Augen und der Schrei verhallte. Er hatte noch immer das Gefühl zu fallen. Außerdem war es so kalt wie damals, als er tatsächlich vom Roten Turm gefallen war. Sein Schattenwächter hatte ihn damals gerettet. Vielleicht würde das in diesem Albtraum ebenfalls geschehen.

Dann schlug er irgendwo auf. Tal öffnete die Augen und stellte fest, dass er nicht mehr fiel. Er trieb im Wasserreservoir unter dem Schloss. Das Reservoir, in dem die Wasserspinnen lebten.

Tal begann verzweifelt loszuschwimmen. Doch er wusste nicht, worauf er eigentlich zuschwamm. Anders als das richtige Reservoir war dieses von einem hellen, weißen Licht erleuchtet und erstreckte sich, so weit er sehen konnte.

Zunächst sah er keine Wasserspinnen, doch ein Blinzeln später war um ihn alles voll von ihnen. Große Spinnen mit kugeligen Körpern, die über die Wasseroberfläche liefen. Ihre Facettenaugen leuchteten wie Sonnensteine. Das Gift tropfte von ihren Fängen.

Wenn sie ihn im Traum umbrachten, würde er dann in der richtigen Welt ebenfalls sterben?

„Es ist nur ein Traum!", rief Tal voller Panik. „Es ist nur ein Traum!"

Die Wasserspinnen krochen näher. Sie waren größer als die echten. Und sie wuchsen, als sie näher kamen, wurden größer und größer, mit immer längeren Fangzähnen, aus denen noch mehr Gift tropfte.

Tal versuchte verzweifelt, sich daran zu erinnern, was Milla unternommen hatte, um in der Albtraum-Maschine zu überleben. Er wusste, dass sie ein Rovkir-Atemmuster angewandt hatte, eine Form tiefer Meditation. Doch er wusste nicht, wie er das bewerkstelligen konnte.

Doch plötzlich fiel ihm ein, dass es sehr wohl etwas gab, das er beherrschte: Lichtmagie. Vielleicht hatte es denselben Effekt, wenn er sich darin treiben ließ.

Tal schloss die Augen und konzentrierte sich. Tief in seinem Innern tastete er nach dem puren Violett des siebten und wichtigsten Sonnensteins. Er zwang das Licht, seinen Verstand zu durchdringen, seinen Körper zu durchfluten. Er benutzte das Violett, um alle Gedanken an Wasserspinnen, einäugige Merwins, an Sushin, Sharrakor und andere furchtbare Dinge zu verdrängen, die man ihm in seine Träume schicken konnte. Das Schlimmste war der furchtbare Moment, in dem er die Decke zum Einsturz gebracht und damit Crow, Ebbitt und die anderen getötet hatte. Irgendwie musste er den Albtraum aufhalten.

Da war Violett. Nur Violett. Ansonsten existierte nichts mehr.

Und doch war da noch dieser winzige Teil seines Verstands, in dem er schrie. Ein kleiner Rest, der schrie und schrie und schrie, der jede Sekunde zusammenzuckte, in der er den Stich des Spinnenfangarms erwartete, den Schmerz des fließenden Giftes …

Doch es kam kein stechender Schmerz. Das violette Licht erfüllte Tals Körper. Er fühlte sich ruhig und sicher. Bald war auch der letzte Rest der Angst verbannt. Er war Imperator, der Träger des Violetten Sonnensteins. Er hatte die Kontrolle.

Tal öffnete die Augen. Er war von einem violetten Leuchten umgeben. Doch jenseits dieses Leuchtens war nichts zu sehen. Er schwebte im Nichts, in der Dunkelheit. Er spürte keinen Windhauch, keinen Boden unter sich. Er lag irgendwo außerhalb der Reichweite der Albträume und jenseits von allem, was existierte.

Einen Augenblick verfiel Tal beinahe in Panik. Doch das

violette Leuchten kämpfte auch dagegen. Es gab ihm Zuversicht, badete ihn in Selbstsicherheit. Er würde den Weg hinaus finden. Er *musste* ihn finden.

Die Cronen, dachte Tal. Die Cronen waren zu Milla gekommen und hatten ihr aus dem Albtraum geholfen. Tal musste sie rufen.

Aber wie? Er war ja nicht wie Milla dafür ausgebildet, die Cronen in seinen Albträumen zu rufen. Diese Fähigkeit wurde zwar allen Eiscarl-Kindern mit auf den Weg gegeben, Tal aber war ein Erwählter.

Doch Tal hatte eine Verbindung mit den Eiscarls. Er machte sein Handgelenk frei und sah sich die dreieckige Narbe an, das Zeichen seines Schwurs. Die Schnitte waren gut verheilt, aber noch deutlich sichtbar: dünne Narben. Tal hatte die Crone damals für wahnsinnig gehalten, als sie ihn so gefährlich ins Fleisch geschnitten hatte. Doch er hatte sich im Laufe der Zeit an die Narben und die Verbindung mit den Eiscarls gewöhnt, die sie symbolisierten.

Tal legte zwei Finger über die Narbe. Er versuchte, sich an das Gefühl zu erinnern, das er auf dem knöchernen Deck des Eisschiffs gehabt hatte, an den eisigen Wind, an das Summen der Takelage des Schiffes, das Flattern der Segel. Er versetzte seine Gedanken in diese Zeit zurück, zur Crone der Far-Raider, die den Schnitt vorgenommen hatte, zur Mutter-Crone, die ihm etwas prophezeit hatte. Er versuchte, sie mit einem stillen Gedankenschrei zu rufen.

Nichts geschah. Doch Tal versuchte es erneut. Er rief noch einmal und versuchte, sich an die kleinsten Details aus seiner Zeit mit den Far-Raidern auf dem Eis zu erinnern. Den Geruch der Selski-Suppe. Die exakte Farbe des Sonnensteins, der an den Mast gebunden war. Das Schnauben der Wreska. Das ferne Krachen der Selski bei ihrer endlosen Verfolgung der Slepenish.

Irgendwann spürte er, wie sich das Nichts um ihn langsam veränderte. Wind kam auf – eisiger Wind. Dann Licht in der Farbe des Sonnensteins der Erwählten. Unter sich spürte er knöcherne Planken, die sich bogen und verschoben, als das Schiff über das Eis glitt.

Die Dunkelheit verflog. Tal stand neben dem Mast eines Eiscarl-Schiffes im Licht des Sonnensteins hoch über ihm. Das Schiff stand unter vollen Segeln und schoss über das Eis. Eine Sternschnuppe durchschnitt die Dunkelheit.

Es war noch jemand an Deck. Keine Crone, dachte Tal zuerst. Ein Erwählter. Fashnek. Ein kompletter Fashnek, dessen Traum-Körper repariert war und keinen Geistschatten nötig hatte.

Er schien ängstlich zu sein und riss entsetzt die Arme hoch, als Tal auf ihn zukam. Das violette Leuchten bildete einen blendend hellen Schein um seinen Kopf.

„Fashnek!", rief Tal über das Heulen des Windes hinweg. „Ich bin der Erbe von Ramellan, Imperator der Erwählten und du wirst …"

Bevor er weitersprechen konnte, verschwand Fashnek.

„Hol's die Dunkelheit“, fluchte Tal. Da die Cronen nirgendwo in Sicht waren, hatte er gehofft, Fashnek dazu zwingen zu können, ihn zu befreien. Es sah zwar so aus, als hätte er die Albtraum-Maschine bezwungen, doch das war nicht genug. Selbst wenn er sich seine Träume selbst aussuchen konnte, so war er doch noch immer ein Gefangener. Und wer wusste, was in der Zwischenzeit im Schloss passierte? Gerade in diesem Augenblick könnte Sushin Tals Hälfte des Violetten Sonnensteins dazu benutzen, den Schleier zu zerstören.

• KAPITEL •
VIER

Die Eiscarls hatten gerade das letzte Fass zu ihrer provisorischen Festung gerollt, als die Sonnensteine in der Decke hoch oben flackerten und um einiges heller wurden.

Milla erkannte als Erste, dass die Steine ferngesteuert wurden. Und der einzige Grund dafür, dass sie heller wurden, konnte sein, dass irgendjemand den Geistschatten zu mehr Kraft verhelfen wollte. Die Erwählten standen offensichtlich kurz vor einem Angriff!

„Zieht euch in die Festung zurück!", rief Milla und winkte ein paar Eiscarls herbei, die noch immer Säcke von der Wand holten.

Innerhalb einer Minute war Millas kleine Streitmacht hinter dem engen Kreis aus Säcken und Fässern verschanzt und zu allem bereit. Milla sah sie an. In ihren Fellen und mit den knöchernen Gesichtsmasken wirkten sie hier völlig fehl am Platz; sie waren für das Eis geschaffen. Sie hatte sie schlecht geführt und nicht nur diese Truppe, sondern alle Eiscarls. Das Schicksal ihres Volkes war in ihre Hände gelegt worden und sie hatte versagt.

„Sie kommen", zischte Saylsen.

Milla sah über die Barrikade. Geistschatten glitten unter allen geschlossenen Türen hindurch und am Boden entlang, bevor sie sich an den Wänden aufstellten. Es waren alle möglichen Arten von Geistschatten, von den Humanoiden mit den engen Taillen, die der Garde dienten, bis zu seltsamen, insektenartigen Dingern mit vielgliedrigen Körpern und zu vielen Beinen.

Immer mehr Geistschatten kamen herein und stellten sich an den Wänden auf. Es waren jetzt mindestens hundert Geistschatten und mit jeder Sekunde glitten noch mehr herein, um zu den Rängen auf allen vier Seiten des Eiscarl-Forts zu stoßen. Es gab keinerlei Anzeichen von Erwählten, die die Türen öffneten und ihnen folgten. Milla fragte sich, ob diese Schatten freie Geistschatten waren, vielleicht die Vorhut einer Invasion aus Aenir.

„Es sind gebundene Schatten, keine freien", sagte Odris. Der weibliche Geistschatten wusste oft, was Milla dachte. „Ich glaube, dass die meisten von ihnen sich nicht weiter von den Türen bewegen können, wenn ihnen ihre Meister nicht folgen. Sie werden dann zurückgezogen."

„Ich glaube nicht, dass das etwas ausmacht", murmelte Milla.

„Die Erwählten wollen uns mit Geistschatten überrennen“, bemerkte Saylsen. „Feiglinge!“

Nein, sie sind keine Feiglinge, dachte Milla. Es war bei den Erwählten einfach üblich, sich so weit wie möglich vor Verletzungen und Tod zu schützen. Außerdem wussten sie sicher, dass die Eiscarls außer Millas Kralle und Jareks goldener Kette nur sehr wenig Waffen gegen die Geistschatten hatten. Nur ein Merwin-Horn-Schwert und mit Algen beschichtete, leuchtende Speere. Ihre Schattensäcke und Schattenflaschen hatten sie schon längst aufgebraucht.

Als sich die Geistschatten flimmernd in Position brachten, dachte Milla noch einmal über alle Möglichkeiten nach, über alle Waffen und jede Taktik, die in Frage kam.

„Eine Schildjungfrau denkt über alle möglichen und zu erwartenden Dinge nach und tut dann das Unmögliche und Unerwartete.“

Es war ihr nicht bewusst, dass sie gerade laut gesprochen hatte, bis Saylsen sie zustimmend ansah. Im gleichen Moment erkannte Milla auch, dass es eine Waffe gab, an die sie noch nicht gedacht hatte – eine gegen Geistschatten sehr effektive Waffe, wenn man sie richtig einsetzte.

Ihr Sonnenstein. Das einzige Problem bestand darin, dass sie eben *nicht* wusste, wie man ihn richtig einsetzen musste. Tal hatte ihr ein paar Dinge gezeigt, die sie in den Heiztunnels auf dem Weg hinaus ausprobiert hatte, doch das war alles.

Milla starrte zu dem Stein hinunter und beobachtete die leuchtenden Funken darin. Was musste sie unternehmen? Sollte sie einen Roten Strahl der Zerstörung versuchen? Sie hatte genug dieser Strahlen gesehen. Aber hatte Tal ihr nicht gesagt, dass Violett die mächtigste Farbe im Spektrum war? Da die Geistschatten ihnen im Verhältnis zwanzig zu eins überlegen waren, war es sicher besser, gleich einen Violetten Strahl der Zerstörung zu versuchen.

Oder noch besser: Eine violette *Welle* der Zerstörung.

„Milla? Was machst du?“, fragte Odris nervös, als Milla ihre Hand hob und den Kopf senkte, um sich auf den Sonnenstein zu konzentrieren.

Milla ignorierte sie. Der Strom der Geistschatten durch die Türen ließ jetzt nach und die Reihen waren beinahe geschlossen. Sie würden bald angreifen, wenn sie nichts unternahm.

Konzentration und Vorstellungskraft – das waren die Dinge, die Tal genannt hatte. Milla wandte all ihre Gedanken dem Sonnenstein zu und blendete alles andere um sich aus. Es war wie die zweite Stufe eines Rovkir-Atemmusters, dachte Milla und war überrascht, dass sie tatsächlich das betreffende Atemmuster begann.

Violett. Violett. Milla zwang den Sonnenstein dazu, Violett zu produzieren. Sie musste in dem Stein einen großen violetten Strahl erzeugen und ihn dann wie eine Lawine auf die Geistschatten loslassen. Auch wenn das nur die Reihen direkt vor ihnen auslöschte, würde es ihnen doch mindestens eine Chance geben.

Milla erinnerte sich an eine echte Lawine, die sie einst gesehen hatte. Es war während einer Versammlung zwischen den Far-Raidern und deren Schwesterclan, den Frostkämpfern, gewesen. Beide Clans hatten ihre Schiffe verlassen und nur eine Notmannschaft zurückgelassen, um eine Feier auf dem niedrigeren Gipfel des Twoknuckle-Berges abzuhalten. Es war eine großartige, aber gefährliche Feier gewesen, denn der Berg war für seine Unberechenbarkeit bekannt. Es war purer Leichtsinn gewesen, der die Clans auf diesen Berg geführt hatte. Trotz allem hatten die Cronen auf einigen Sicherheitsmaßnahmen bestanden und so hatte man hunderte von Motten-Laternen in weiten Kreisen um die zentralen Lagerfeuer platziert.

Mitten während der Feier hatte sich der höhere der beiden Gipfel kurz angehoben und eine gewaltige Welle aus Schnee und Eis herabfallen lassen. Zunächst hatten sie es nur gehört, ein tiefes Donnern in der Dunkelheit, lauter als jede Bestie. Der äußere Laternenring war binnen eines Augenblicks erloschen und die inneren Laternen hatten ganz kurz die Lawine beleuchtet, die auf das Lager niederging. Milla erinnerte sich nur zu gut an diese Wand aus eisigem Tod, die alle mitgerissen hatte, die nicht schnell genug Deckung hinter einem Felsklotz gefunden hatten.

Eine solche Lawine stellte sie sich jetzt vor. Eine aus vollkommenem Violett. Sie rief sie aus dem Stein hervor, wobei sie all ihre Konzentration und Disziplin einsetzte, die sie zu einer solch gefürchteten Kämpferin machten.

Violettes Licht flammte auf. Die Eiscarls stöhnten. Odris ging einen weiteren Schritt zurück und sagte etwas, das Milla in ihrer Konzentration nicht hörte. Sie spürte, wie die Lawine kam, spürte die violette Kraft, die sich in dem Stein aufbaute. Ihre Hand zitterte und ihr Körper bebte, so als würde eine echte Lawine auf Milla zurollen.

Ihr Instinkt sagte ihr, wann sie die Hand nach vorne schnellen und die Energie loslassen musste – in genau dem Moment, als die Geistschatten losliefen.

Milla stieß einen Kriegsschrei aus, als violettes Licht aus ihrem Sonnenstein schoss und sich in einer Welle ausbreitete. Sie war so breit wie das Fort und so hoch wie ein Eiscarl und brandete mit einem ohrenbetäubenden Donnern und Rumpeln vorwärts. Die Welle überrollte alle Geistschatten und schleuderte sie gegen die Wände und Türen.

Die Eiscarls jubelten, aber nur verhalten. Nur eine Angriffswelle war zurückgeschlagen. Drei weitere kamen noch aus den anderen Richtungen.

„Verkauft eure Haut teuer!“, rief Milla, als sie sich in Richtung der nächsten Geistschatten-Welle drehte, die dem Fort am nächsten war. Überrascht stellte sie fest, dass Odris vor ihr her rannte, sogar auf der Seite, auf der sie die Kralle trug. Odris war ihr noch nie zuvor so nahe gekommen.

„Sie kommt zurück!“, rief Odris. „Pass auf!“

Milla drehte sich um. Die violette Welle war von der Wand abgeprallt und rollte wieder zu ihnen zurück. Sie sah von dieser Seite stärker und bedrohlicher aus und schien nicht an Kraft verloren zu haben. Sie hatte durch den Rückprall lediglich einen leichten Drall nach links bekommen. Nur die Hälfte der Welle würde das Fort des Eiscarls treffen.

„Auf diese Seite!“, brüllte Saylsen mit aller Macht, damit sie über dem Lärm der Welle noch zu hören war. „Auf diese Seite!“

Alle liefen auf die rechte Seite, als die violette Welle einschlug. Milla sah wie gelähmt zu, als die Welle riesige Fässer packte und an die Decke schleuderte. Säcke wurden zerrissen. Eine der Schildjungfrauen, bereits verwundet und zu langsam, wurde hochgehoben, wieder auf den Boden geschleudert und dann hinter der Welle wieder ausgespuckt. Wenn sie nicht von zweien ihrer Begleiter gefangen worden wäre, hätte sie sich das Genick gebrochen.

Die Lichtwelle rollte immer noch weiter. Geistschatten, die gerade noch angegriffen hatten, flohen in alle Richtungen, während sich die Eiscarls duckten, so gut sie konnten, und den umherfliegenden Trümmern auswichen.

„Gut gemacht!“, rief Saylsen Milla zu. „Die Feinde fliehen! Lass die Welle noch einmal über sie hinweg rollen und löse sie dann auf!“

„Sie auflösen?“, rief Milla zurück. „Ich weiß nicht einmal, wie ich sie geschaffen habe!“

• KAPITEL •
FÜNF

Tal hatte gerade seine Hoffnung aufgegeben, die Cronen rufen und aus seinem Traum entkommen zu können, als er sah, wie eine schwarz gekleidete Gestalt übers Eis näher kam. Es war eine Crone, die ohne Kufen über das Eis glitt und sich dabei so bewegte wie das Eisschiff, das unter vollen Segeln stand. Tal hatte versucht, das Schiff abzubremsen, hatte aber nichts weiter erreicht, als die Farbe des Sonnensteins am Mast zu ändern. Offensichtlich musste man wissen, wie etwas funktionierte, wenn man es richtig träumen wollte. Oder er musste wissen, dass ihn etwas davon abhielt, es zu träumen. Er würde verrückt werden, wenn seine Gedanken sich immer nur im Kreis bewegten.

Tal schaute einen Augenblick weg. Als er wieder hinsah, war die Crone schon da. Sie stand neben ihm. Er zuckte zusammen, doch dann bemerkte er, dass es die Crone der Far-Raider war, die erste Crone, die er jemals gesehen hatte.

Sie lächelte ihn mit ihren blitzenden, silberfarbenen Augen an, sagte aber nichts.

„Sprich bitte", sagte Tal. „Immerhin ist es mein Traum."

Die Crone lächelte wieder, schwieg aber immer noch. Sie schien auf etwas zu warten.

„Muss ich etwas Bestimmtes tun?", fragte Tal höflich. Er konnte sich nicht daran erinnern, ob Milla etwas darüber gesagt hatte, was passierte, wenn die Cronen auftauchten. Außer vielleicht, dass dies nicht wirklich eine Crone war. Vielleicht hatte er sich nur diese Crone erträumt, anstatt eine richtige Crone in seinem Traum zu haben, sodass sie auch gar nicht helfen konnte ...

„Aufhören!", murmelte Tal zu sich selbst.

„Womit?", fragte eine bekannte Stimme.

Tal wirbelte herum. Adras schwebte hinter ihm, aber in seiner aenirischen Sturmhirten-Form und nicht als Geistschatten. Das war vollkommen unmöglich. Alle Aenirer wurden in der Dunkelwelt zu Geistschatten.

„Wo sind wir?", fragte Adras und kratzte sich mit einem seiner aufgeplusterten Finger den wolkigen Kopf.

„In meinem Traum", sagte Tal. „Bist du du, oder bist du ich, wie ich dich träume?"

„Was?", fragte Adras. „Das Letzte, woran ich mich erinnere, ist, dass ich eingeschlafen bin."

„Ja, aber ich könnte ebenso gut träumen, dass du das sagst", sagte Tal. „Hoffentlich wachen wir bald auf."

Er drehte sich wieder zu der Crone um und erschrak erneut. Das Deck war auf einmal voller Cronen. Eine Menge Cronen – und eine Mutter-Crone saß auf einem knöchernen Stuhl mit einer hohen Lehne.

„Wer sind denn die?“, fragte Adras und plusterte sich zu seiner vollen Größe auf. In seinen Fäusten knisterten ein paar kleine Blitze. „Feinde?“

„Nein!“, sagte Tal schnell. „Es sind Eiscarls. Wie Milla.“

„Sie sind aber sehr viel hässlicher als Milla“, sagte Adras, ließ jedoch die Blitze wirkungslos in der Luft verpuffen.

Die Cronen glitten auf Tal zu. Er sah ihnen nervös zu, bewegte sich aber nicht, als sie sich um ihn versammelten. Er konnte ihren Blicken nicht standhalten und musste die Augen schließen.

Als er spürte, wie die Cronen ihn hochhoben, öffnete er die Augen wieder. Hoch über sich sah er den Mast und seinen Sonnenstein. Dahinter lag die Dunkelheit.

Die Cronen warfen ihn in die Luft. Es war ein aufregendes Gefühl, in die Luft geworfen und wieder aufgefangen zu werden. Beim ersten Mal flog er bis auf halbe Masthöhe. Beim zweiten Mal erreichte er die Höhe des Sonnensteins.

Beim dritten Mal kam er nicht wieder herunter. Er flog einfach höher und höher in den dunklen Himmel. Dann gab es plötzlich einen hellen Lichtblitz und Tal lag zusammengekauert, aber hellwach in der Kristallkugel. Fashnek war nur ein paar Spannen von ihm entfernt und drehte wie wahnsinnig an dem Rad, das das grüne Gas kontrollierte. Wieder stiegen Dünste um Tals Füße herum auf, doch er ignorierte sie.

Ohne zu zögern griff er mit seinen Gedanken nach den sieben Sonnensteinen und übernahm die Kontrolle über sie. Jeder einzelne blitzte auf und nahm dann eine stetige Färbung an – den Code, der die Kristallkugel öffnete.

Es gab ein leises Klickgeräusch und die Kugel öffnete sich an ihrem Äquator. Tal stieß sie auf und sprang heraus. Fashnek stieß einen Schrei aus – einen seltsam hohen und schrillen Schrei für einen Erwählten. Er ließ den Sonnenstein fallen, den er in der rechten Hand gehalten hatte, und wankte zurück. Seine beiden Körperhälften waren offensichtlich in Panik.

Tal schnappte sich den Sonnenstein, als er über den Boden schlitterte.

„Nein, nein, ich war es nicht", jammerte Fashnek. Einen Atemzug später: „Fangt ihn! Tötet ihn!"

Die beiden Geistschatten, die Fashnek begleiteten, gehorchten sofort. Das Urgelgurgel hüpfte zweimal auf und ab und sprang auf Tals Kopf zu, während der Schatten mit der Wespentaille nach seinen Beinen griff.

Einmal mehr reagierte Tal instinktiv, beinahe ohne nachzudenken. Er ging zurück in die Kugel. Er kontrollierte noch immer die sieben Sonnensteine, ließ jeden von ihnen eine dünne, violette Linie erzeugen und bildete damit einen Zaun um sich.

Das Urgelgurgel traf auf den Zaun und wurde sofort entzweigeschnitten wie ein Apfel. Die beiden Hälften kamen ungeschickt auf dem Boden auf und hüpften davon. Einen Moment lang kamen sie wieder zusammen, doch dann ertönte einen Plopp-Laut, als das Urgelgurgel verschwand – entweder zurück nach Aenir oder für immer zerstört.

Der Wespentaillen-Schatten war schneller. Er drehte sich weg und verlor an dem violetten Draht nur eine Hand.

Tal hielt den Sonnenstein hoch, den er vom Boden aufgenommen hatte. Der Geistschatten hob seine verbliebene Hand in einer abwehrenden Geste und löste sich auf. Tal war über dessen schnelles Verschwinden besorgt. Es zeigte, dass freie Geistschatten nach Aenir zurückkehren konnten, wann immer sie wollten. Er hoffte, dass es ihnen sehr viel schwerer fallen würde wiederzukommen. Doch da der Schleier bereits geschwächt und in diesem Augenblick vielleicht schon ausgefallen war, könnte das auch nicht der Fall sein.

„Verschont mich, nobler Herr“, jammerte Fashnek. Er kniete auf dem Boden vor Tal. „Ich bin nur ein treuer Diener der Imperatorin.“

„Die Imperatorin ist tot“, sagte Tal barsch. „Außerdem weiß ich, dass Sushin dein wahrer Herr ist. Wo ist mein Geistschatten?“

„Ein Handel, ein Abkommen. Euren Geistschatten für mein unglückliches Leben“, heulte Fashnek. „Oh Euer Großherzigkeit …“

Tal hob den Sonnenstein. Rotes Licht flammte auf und badete Fashnek in seinem Leuchten. Der Schweiß auf Fashneks Stirn sah plötzlich aus wie Blutstropfen.

„In der Schattenflasche dort drüben!"

Tal sah in die Richtung, in die Fashnek zeigte. Auf einem der Arbeitstische stand eine Flasche aus goldenem Metall. Aber es waren noch mehr Flaschen und Behälter über den Raum verstreut.

„Öffne du sie", sagte Tal. „Dann lasse ich dich vielleicht leben."

„Ja natürlich, großer Lord", gab Fashnek zurück. Er stand langsam auf und humpelte auf den Tisch zu. Tal blieb mit bereitgehaltenem Sonnenstein auf Abstand.

„Ihr werdet Imperator werden, dessen bin ich sicher", murmelte Fashnek, als er sich mit dem Korken der Flasche abmühte. „Ich habe das Violette in Euch gesehen. Ich weiß über diese Dinge Bescheid. Und ein Imperator braucht doch immer einen Meister über die Albträume, oder nicht? Ich werde Euch dienen, wie ich Ihrer Majestät gedient habe. Sushin, er ist nichts, ein Niemand …"

„Sei still!", befahl Tal. „Wenn ich jemals Imperator werde, wird es mit Sicherheit keinen Saal der Albträume mehr geben!"

„Das sagt Ihr jetzt, Meister, das sagt Ihr jetzt … ah!"

Mit einem letzten Zug seiner gesunden Hand kam der Korken frei und sofort quoll ein Schatten aus der Flasche. Es war ein gewaltiger Strom aus brüllender Dunkelheit, die schnell Adras' vertraute Form annahm. Ein sehr wütender Adras. Nicht nur aus seinen Händen, sondern auch seinen Augen zuckten Schattenblitze.

„Stirb, Gefängnisknecht!"

Mit diesen Worten packte Adras Fashneks Schattenhälfte an ihrem insektoiden Kopf und begann sie zu würgen. Schattenblitze zuckten durch den Raum und Donner grollte.

Fashnek schrie. Tal sprang nach vorn und rief: „Nein!"

Doch es war zu spät. Adras bellte triumphierend, als er den Kopf des Geistschattens abgerissen hatte. Er warf ihn auf den Boden und trampelte darauf herum. Fashneks Körper fiel um.

„Niemand wird Adras jemals wieder in einer engen Flasche einsperren!"

Tal kniete sich neben Fashnek. Der Meister der Albträume starrte zu ihm hoch. Seine Augen waren glasig vor Schreck. Die Schattenhälfte, die ihn am Leben erhalten hatte, löste sich bereits auf. Dort, wo der Schatten gewesen war, sah Tal jetzt Knochen und Fashneks innere Organe, obwohl er versuchte, nicht hinzusehen.

„Es war ein Fehler", flüsterte Fashnek. „Ein furchtbarer Fehler. Ich hatte Angst zu sterben ..., aber es gibt Dinge, die schlimmer sind als der Tod ... Sharrakor war in Drachenform und hat mich verwundet und Sharrakor schenkte mir das Leben. Ich hätte es aus seinen Händen nicht annehmen dürfen.

Aber vielleicht war alles nur ein Albtraum aus meinen Traummaschinen …"

„Nein", sagte Tal. Er dachte an Bennem und an Crows Eltern, an Jarnil und all die anderen Menschen, die von Fashnek und seinen Maschinen gefoltert worden waren. Viele von ihnen hatten dabei den Tod gefunden. „*Du* warst der Albtraum."

Doch Fashnek hörte ihn nicht mehr. Er war bereits tot.

• KAPITEL • SECHS

Es waren keine Geistschatten mehr in der Höhle. Das war gut, dachte Milla. Aber es war auch nichts mehr von dem provisorischen Fort übrig und die kleine Eiscarl-Truppe wurde schnell müde, nachdem sie der violetten Welle hatte ausweichen müssen. Die Welle hatte weder an Größe noch an Wucht verloren – ihre Bewegung wurde immer unvorhersehbarer. Es war nach jedem neuen Rückprall von einer Wand schwerer, ihre Richtung einzuschätzen.

„Links!", rief Saylsen und alle liefen nach links, bis die Schildmutter „Stopp!" rief. Dann fügte sie hinzu: „Nein! Ein wenig mehr nach rechts!"

Die violette Welle verfehlte sie um ein paar Spannen und rollte auf die andere Wand zu. Es würde nur Minuten dauern, bis sie in einem neuen Winkel zurückrollen würde.

„Hast du einmal versucht, das, was auch immer du getan hast, umzukehren?", fragte Malen. Sie sah Milla dabei nicht an. Wie alle anderen behielt sie die violette Welle im Auge.

„Nein", stieß Milla hervor. Jedes Mal wenn sie sich auf den Sonnenstein konzentrierte, kam die violette Welle zurück. Und jedes Mal packte irgendjemand sie und riss sie aus dem Weg, womit ihre Konzentration wieder verflogen war. Außerdem konnte sie an nichts anderes denken als die Lawine. Immer wenn sie versuchte, *nicht* daran zu denken, wurde der Gedanke in ihrem Kopf noch stärker. Selbst wenn sie sich auf den Sonnenstein konzentrieren konnte, war es höchst wahrscheinlich, dass sie nur eine weitere violette Welle schaffen würde. Und zwei von dieser Sorte würden mit Sicherheit alle töten.

„Wir müssen es noch einmal bei einer der Türen versuchen", sagte Saylsen grimmig. „Wir können dieser Welle nicht ewig ausweichen."

„Odris! Sieh nach, was sich hinter dieser Tür befindet", befahl Milla und zeigte auf eine der Türen. Von den fünf Türen gab es nur noch zwei, bei denen sie es versuchen konnten. Eine Steintür sowie ein Teil des dahinter liegenden Korridors waren von der Welle völlig zertrümmert und damit unpassierbar. Zwei andere Ausgänge waren so stark verbarrikadiert und verteidigt, dass es unmöglich sein würde durchzudringen.

„Sie werden mir den Kopf herunterreißen, wenn ich darunter hindurchschaue", protestierte Odris. „Guck *du* doch durch, wenn du es wissen willst."

„Ich kann meinen Kopf nicht unter einer geschlossenen Tür hindurchstecken“, sagte Milla. „Du schon. Willst du lieber von der Welle überrollt werden?“

„*Ich* bin nicht müde“, sagte Odris trotzig. „Ich kann mich von der Welle fern…“

„Nach links!“, rief Saylsen. „Nach links!“

Odris hatte als Einzige nicht auf die Welle geachtet. Als Saylsen schrie, bewegte sie sich nach rechts anstatt nach links.

„Da hinüber!“, brüllte Milla. „*Da* hinüber!“

Die Welle rollte weiter. Odris befolgte Millas Anweisung nicht. Stattdessen rannte sie vor der Welle her, sprang dann in die Luft und schwang sich auf die Tür zu, auf die Milla gezeigt hatte. Eine Sekunde später glitt sie geradewegs durch das Türblatt und die Welle schlug mit einem ohrenbetäubenden Donner ein. Einmal mehr prallte sie unter dem Stöhnen der Eiscarls von der Wand ab und kam zurück.

„Die Welle muss irgendwann schwächer werden“, keuchte Malen. „Ich hätte nicht gedacht, dass Sonnensteine so stark sind.“

„Ich auch nicht“, murmelte Milla. Alle Lichtmagie, die sie bisher gesehen hatte, hatte nur so lange angedauert, wie sich die auslösende Person konzentrierte. Doch das Ding, das sie geschaffen hatte, schien ein Eigenleben zu führen. Sie mussten ihm ausweichen.

Milla sah erwartungsvoll zu der Tür, durch die Odris verschwunden war. Sie spürte die Abwesenheit des Geistschattens – ein dumpfer Schmerz, der schwer einzuordnen war. Er erinnerte am ehesten an Zahnschmerzen. Aber zumindest spürte sie keine starken Schmerzen. Wenn Odris von anderen Geistschatten verletzt worden wäre, hätte Milla etwas von ihrem Schmerz gespürt.

„Geht zu der Tür", befahl Milla nach einem schnellen Blick, mit dem sie sich vergewisserte, dass sie der zurückkehrenden Welle noch einmal ausweichen konnten. „Odris ist nicht in einen Kampf verwickelt, also können wir vielleicht durchbrechen."

Sie befanden sich gerade auf halbem Weg, als sich die Tür öffnete. Doch anstatt Odris kam eine Erwählte herein. Sie hatte einen Sonnenstein in der Hand und trug einen Milla unbekannten Geistschatten auf dem Rücken. Es war ein großes, vogelartiges Ding mit Augenbrauen wie Hörner.

Milla öffnete den Mund, um einen sofortigen Angriff zu befehlen, doch sie schloss ihn gleich wieder, als sie hinter der Frau einen anderen Erwählten hereinkommen sah. Jemanden, den sie kannte. Tals exzentrischer Großonkel Ebbitt, eingepackt in eine eigentümliche Sammlung verschiedener Kristallpanzerungen, die in allerhand Farben leuchteten. Aber das alles wurde noch von seiner Kopfbedeckung übertroffen: einer Suppenschüssel aus goldenem Metall, die er mit einem hellen indigofarbenen Schal ausgepolstert hatte.

Milla konnte sich ein Lächeln nicht verkneifen. Sie hatte Ebbitt vom ersten Treffen an gemocht, zu dem Tal sie in die seltsame Unterkunft seines Großonkels mitgenommen hatte. Dieses Treffen schien eine Ewigkeit zurückzuliegen. Jetzt war Tal irgendwo, sie war umzingelt ..., doch Ebbitts Anblick machte ihr wieder Hoffnung.

„Schnell! Schnell!", rief Ebbitt. „Wir sind alle auf der Flucht."

Die Eiscarls mussten nicht angetrieben werden. Die Welle rollte bereits wieder auf sie zu. Trotz ihrer Erschöpfung rannten sie auf die Tür zu, die gerade breit genug war, dass zwei Leute nebeneinander hindurchpassten.

„Was ist denn das?", fragte Ebbitt und zeigte auf die Welle. Die Frau neben ihm rief ebenfalls etwas, dann hoben sie gleichzeitig ihre Sonnensteine und zwei grelle weiße Lichtstrahlen schossen auf die Welle zu.

Als die Strahlen einschlugen, brach die Welle und wurde langsamer. Doch sie blieb nicht völlig stehen, wie es die beiden Erwählten wohl erwartet hatten.

„Zu stark!", keuchte die Frau. „Ich kann sie nicht aufhalten!"

Ihr Licht erlosch und sie fiel um. Ihr Geistschatten fing sie sanft in seinen Klauen auf.

Ebbitt hielt seinen weißen Strahl aufrecht, doch die Welle nahm wieder Geschwindigkeit auf. Ebbitt rannte mit dem letzten Eiscarl durch die Tür, dem Wilden Jarek, der sich noch immer in seinem abklingenden Kampfeswahn befand. Er konnte sich zwar schnell bewegen und kämpfen, doch er sprach nicht und blickte seltsam und abwesend drein.

„Macht … euch bereit … die Tür zuzuschlagen“, instruierte Ebbitt Milla und Saylsen. Schweiß tropfte von seiner Stirn, so als ob er mit seiner Körperkraft die Welle zurückhielt. Sein Sonnenstein leuchtete so hell, dass Milla nicht hinsehen konnte. Der weiße Strahl war ebenso hell.

„Jetzt!“, rief Ebbitt und der weiße Strahl riss ab.

Milla und Saylsen schlugen die Tür zu und traten in dem Moment einen Schritt zurück, als die Welle auf der anderen Seite der Tür einschlug.

• KAPITEL •
SIEBEN

Das Scharren von Stein ertönte und die Tür bebte. Einen furchtbaren Augenblick lang dachte Milla, die Tür würde zerbrechen, doch dann beruhigte sich alles. Die Welle war wieder von der Wand abgeprallt.

„Schnell, schneller, am schnellsten!“, sagte Ebbitt, als er an der Reihe der Eiscarls vorbeilief. „Wir müssen weg!“

Er führte sie einen Korridor entlang, an vier toten oder bewusstlosen Erwählten vorbei und zu einer Abzweigung, an der Odris damit beschäftigt war, Steine aus einer Wand herauszubrechen und vor eine Tür am Ende des Korridors zu stapeln.

Ebbitt ging zu der anscheinend festen Wand gegenüber der Tür und drückte an ein paar Stellen vorsichtig dagegen. Nichts geschah. Einen Moment sah er verwundert drein und drückte dann an ein paar anderen Stellen. Als Antwort ertönte ein tiefes Grollen unter dem Boden. Ein Stück der Wand drehte sich und gab den Blick auf einen schmalen Durchgang und eine Treppe frei, die nach unten führte.

„Der Ausweg. Geht und helft Odris!“, rief Ebbitt und ging selbst hinüber, um einen Stein aus der Wand zu nehmen, die Odris begonnen hatte abzureißen. Der Stein war größer, als er angenommen hatte, löste sich plötzlich und fiel knapp neben seinem Fuß zu Boden.

Als der Stein nicht mehr rollte, erschien plötzlich ein blauer Lichtpunkt an der Tür und Rauch stieg auf. Das Licht begann Funken zu sprühen und Holzsplitter flogen davon. Langsam schob sich der Lichtpunkt auf dem Türblatt nach unten. Irgendjemand schnitt sich von der anderen Seite hindurch.

„Mehr Steine!“, donnerte Odris. Die Eiscarls eilten ihr zu Hilfe, indem sie eine Kette bildeten und die Steine durchreichten, die der stärkere Geistschatten aus der Wand riss.

Ein paar Minuten später war die Tür hinter einer Mauer aus Steinen vergraben. Das blaue Licht blitzte noch immer zwischen den Spalten auf, doch selbst wenn sich die Erwählten von der anderen Seite hindurchgeschnitten hätten, würden die Steine sie noch einige Zeit aufhalten.

„Runter in der bisherigen Reihenfolge!“, sagte Ebbitt. „Ich werde das Tor dann schließen.“

Obwohl Saylsen versuchte, vor sie zu gelangen, ging Milla auf der Treppe voraus. Nicht weil sie Ebbitt nicht vertraute, sondern weil sie, wenn es eine Falle wäre, wenigstens die Kralle einsetzen konnte.

Die Treppe führte in einen sehr feuchten, stickigen Raum, an dessen Wänden das Wasser herablief. An frisch abgestorbenen Algen war zu erkennen, dass dieser Raum erst jüngst noch geflutet gewesen sein musste.

Milla hörte, wie sich die Mauer über ihnen scharrend schloss, als die letzten Eiscarls in den Raum kamen. Kurz danach tauchte Ebbitt auf. Er drückte ein paar Steine im Boden in einem bestimmten Muster, woraufhin sich ein Teil der Wand zur Seite schob und die Treppe hinter ihnen blockierte.

„Es gibt doch noch einen anderen Weg hier heraus, oder?", fragte Milla, als Ebbitt seinen Suppenschüssel-Helm abnahm und sich die Augenbrauen mit einem zusammengeflickten Taschentuch abwischte, das er unter seiner Schulterpanzerung hervorzog.

„Hinaus? Hinaus? Wir sind doch gerade erst angekommen", gab Ebbitt zurück. „*Natürlich* gibt es einen anderen Ausgang. Lass uns hoffen, dass kein anderer weiß, wie man das Flutungssystem kontrolliert."

Milla betrachtete die Algen und das tropfende Wasser und seufzte. Es war zwar gut, dass sie der violetten Welle und den Erwählten entkommen waren, doch sie waren noch immer vom Rest ihrer Streitmacht abgeschnitten. Sie spürte den Zorn, der in ihr steckte, in jedem Muskel. Sie wollte einfach loslaufen, schreien und den Feind angreifen, doch das wäre nicht weise.

„Malen, versuch die Cronen zu erreichen“, befahl sie. „Wir werden hier ein wenig ausruhen.“

„Wir danken euch für die Rettung“, sagte Milla förmlich zu Ebbitt und der Erwählten Frau.

„Ich habe so etwas wie diese Welle seit Mercurs Tagen nicht mehr gesehen“, sagte Ebbitt nachdenklich.

„Dann hast du noch nie so etwas gesehen, denn du bist noch nicht so alt, Onkel“, sagte die Frau. Mit Hilfe ihres Geistschattens erhob sie sich und sah sich die versammelten Eiscarls an. Ihr Blick blieben auf Saylsen haften. „Bist du Milla?“

Milla drehte sich um und stellte sich auf die Zehenspitzen. Die Erwählte Frau war ein ganzes Stück größer. Der Versuch, die violette Welle zu kontrollieren, schien ihr übler mitgespielt zu haben als Ebbitt. Ihre Haut war sehr blass und ihr Geistschatten musste ihr immer wieder helfen, sich aufrecht zu halten.

„Ich bin Saylsen, die Schildmutter. Das ist Milla Krallenhand, Kriegsführerin der Eiscarls“, verkündete Saylsen, als sie auf Milla zeigte. „Wer bist du?“

„Ich bin Graile Parel-Kessil“, gab die Erwählte zurück. Sie schien angesichts von Saylsens Auskunft und Millas Alter etwas überrascht zu sein. „Tals Mutter.“

„Tals Mutter!“, stieß Milla hervor. „Aber er sagte doch, du wärst krank und lägest im Sterben.“

„Man hatte mich vergiftet“, sagte Graile. „Tal brachte mir das Gegengift.“

„Tal ist hier?“, fragte Milla. „Das ist gut. Weshalb ist er nicht bei dir?“

„Er wurde gefangen genommen, als er zu mir kam“, erklärte Graile. „Ebbitt sagt, man hat ihn in den Saal der Albträume gebracht. Der Kodex hat es ihm verraten.“

Milla runzelte die Stirn. Sie musste jetzt erst einmal ihre Truppen wieder vereinigen und herausfinden, wo die Hauptstreitmacht war. Aber Tal im Saal der Albträume? Trotz all seiner Verfehlungen wollte sie nicht, dass man ihn tötete oder dass er endete wie Bennem, der für immer in seinem eigenen Kopf herumgeisterte.

„Tal muss gerettet werden, wenn ich jetzt auch keine Möglichkeit sehe, wie das zu bewerkstelligen wäre“, sagte sie entschlossen.

„Ebbitt sagte mir, dass ...“, begann Graile.

„Wann hast du mit dem Kodex gesprochen?“, unterbrach Malen sie.

„Äh, erst kürzlich“, sagte Ebbitt. „Der Kodex hat mir auch verraten, dass Sushin Tals Sonnenstein hat.“ Jetzt zitterte weder seine Stimme, noch klang er halb verrückt wie sonst. Lediglich seine Finger trommelten nervös auf der Brustplatte seines Panzers. „Die Hälfte des Violetten Schlüsselsteins, sagte der Kodex. Das konnte ich nicht glauben, denn ich habe den Stein ja selbst geteilt. Doch dann sah ich die violette Welle und ich nehme an, dass das dein Werk war, Milla Knallerbsenhand. Also stimmt es vielleicht.“

„Ich habe die Welle geschaffen“, sagte Milla.

„Darf ich deinen Sonnenstein sehen?“, fragte Ebbitt.

Milla hob schweigend die Hand, um ihren Ring zu zeigen. Dort leuchtete wie üblich ihr Sonnenstein in einem tiefen Gelb, durchsetzt mit roten Flecken. Ebbitt hob seinen eigenen Sonnenstein und richtete einen dünnen violetten Strahl auf Millas Stein. Der Strahl traf sein Ziel und Millas Sonnenstein explodierte in schillerndem violetten Licht, das den ganzen Raum mit seiner Brillanz erfüllte.

„Es *ist* der Violette Sonnenstein!“, rief Graile. „Oder zumindest ein Teil davon.“

„Hmmpfff“, sagte Ebbitt. Es schien ihn zu ärgern, dass ihm das nicht früher aufgefallen war. Dann sank er langsam und unbeholfen, mit klappernder Kristallpanzerung auf ein Knie. „Ich nehme an, das macht dich zur Imperatorin oder so etwas.“

„Nein, Tal sollte der Imperator werden, wenn die Zeit reif ist“, sagte Graile schnell. „Der Kandidat muss von der Hohen Zusammenkunft bestätigt werden. Und Tal ist ein Erwählter und trägt ebenso einen Violetten Schlüsselstein.“

„Nicht wenn Sushin ihn gestohlen hat“, brummte Ebbitt. „Mir würde dann eher die Vorstellung einer Eiscarl-Imperatorin gefallen. Natürlich müssen wir uns zuerst der alten entledigen.“

Graile zuckte zusammen, als Ebbitt diesen Verrat aussprach, und sah weg.

Milla starrte den alten Mann an. Sie war müde und – auch wenn sie es nicht zugeben würde – stand noch unter Schock angesichts der Kämpfe, die sie erlebt hatten. Wovon sprachen sie überhaupt?

„Nur weil ich den Violetten Schlüsselstein habe, bin ich die Imperatorin der Erwählten?“, fragte sie. „Aber heißt das nicht, dass Sushin nun, da er die andere Hälfte hat, den Erwählten erzählen wird, dass er der Imperator ist? Und Tal muss gerettet werden, ob er Imperator ist oder nicht.“

„Oh, Crow hat sich aufgemacht, um Tal zu retten“, sagte Ebbitt beiläufig und schwenkte die Hand in der Luft, als hätte sie plötzlich ein Eigenleben entwickelt. „Und da Sushin unterwegs ist, um mit seiner Hälfte des Violetten Schlüsselsteins den Schleier zu zerstören, ist es recht unwahrscheinlich, dass ihn jemand Imperator nennen wird.“

Milla schüttelte den Kopf. Sie traute ihren Ohren nicht. Crow und Tal waren so etwas wie Erzfeinde.

„Du hast *Crow* losgeschickt, um Tal zu retten? Und wer hält Sushin davon ab, den Schleier zu zerstören?“

Ebbitt hörte auf zu winken. Er zog seinen Arm zurück und bog die Hand, so als wollte er für Kinder einen Vogel imitieren. Seinen Daumen bewegte er wie einen Schnabel. Dann sprach die Handpuppe, wobei Ebbitt seine Stimme so gut verstellte, dass die Eiscarls zusammenzuckten.

„Crow hat wegen Tal ein schlechtes Gewissen und daher wird er sein Bestes geben, ihn zu retten. Ich glaube, er wird es schaffen. Wer wird Sushin aufhalten? Milla natürlich! Und Ebbitt und all die kleinen Eiscarls werden ihr helfen."

„Sollen wir ihn umbringen?", fragte Saylsen mit einem Stirnrunzeln. Diese Art von Wahnsinn könnte ansteckend sein.

„Nein", seufzte Milla. „Ich fürchte, dass er die Wahrheit sagt. Wir müssen Sushin aufhalten. Ich weiß nur nicht wie und auch nicht, wo wir ihn finden können."

„Der Siebte Turm", sagte Ebbitt. Er hatte seine Hand gesenkt und sprach wieder mit normaler Stimme. „Der Violette Turm. Dort wird alles gelöst. Zum Guten … oder zum Schlechten."

• KAPITEL • ACHT

Tal sah auf den lächerlichen Überrest hinunter, der einmal Fashnek gewesen war. Adras stand neben ihm und grollte noch immer mit fernem Donner.

„,Sharrakor war in Drachenform und hat mich verwundet und Sharrakor schenkte mir das Leben. Aber ich hätte es aus seinen Händen nicht annehmen dürfen'", wiederholte Tal leise Fashneks letzte Worte. „Was im Namen des Lichts bedeutet das? Wie kann ein Drache Hände haben?"

„Stirb, Gefängnisknecht", sagte Adras. Das war keine sonderlich große Hilfe. „Wohin gehen wir jetzt?"

Tal dachte einen Augenblick nach, wobei er sich angespannt auf die Lippe biss. Es war sinnlos, die Untervölkler zu suchen, nachdem er versehentlich Crow, Ebbitt und die anderen getötet hatte. Aber vielleicht konnte er sich der Streitmacht der Eiscarls anschließen. Adras hatte gespürt, dass Odris bei ihnen war, also musste auch Milla bei ihnen sein.

Zumindest hoffte Tal das inständig. Denn sonst könnte sie nur auf das Eis gegangen sein und das würde nur ein weiteres Leben bedeuten, das er auf dem Gewissen hätte.

Tal war jedoch klar, dass er nicht einfach losziehen und zu den Eiscarls stoßen konnte. Da war Sushin, sein ewiger Feind. Tal musste sich eingestehen, dass die Chance, dass seine Mutter den Stein an sich gebracht hatte, bevor er ohnmächtig geworden war, nur sehr gering war. Sushin war mit beinahe hundertprozentiger Wahrscheinlichkeit im Besitz von Tals Hälfte des Violetten Schlüsselsteins und hatte damit die Macht, den Schleier zu zerstören.

„Ich glaube, wir müssen nach oben", sagte Tal langsam. „Hoch zum Violetten Turm. Die Eiscarls werden nicht wissen, wozu Sushin in der Lage ist, zumindest nicht, bevor es schon zu spät ist. Selbst wenn Milla Sushin in Verdacht hat, so wird sie ihn nicht aufhalten können."

„Sushin ist der, der das Gift geworfen hat?", fragte Adras. Er plusterte sich zu einer Kugel auf, die eine gelungene Kopie von Sushin war.

„Ja."

„Ich will da aber nicht hingehen", sagte Adras. „Ich will zu Odris."

„Wir müssen auf den Violetten Turm steigen", wiederholte Tal. Je länger er darüber nachdachte, desto dringender erschien ihm das Ganze. Sushin könnte den Violetten Schlüsselstein gerade jetzt einsetzen, wo sie wertvolle Zeit mit

Gerede vergeudeten. Sie mussten zum Violetten Turm gehen und Sushin davon abhalten, den Schleier zu zerstören.

„Ich gehe nicht“, verkündete Adras und verschränkte die Arme. „Du kannst mich nicht zwingen.“

Tal wollte gerade seinem Ärger mit Worten Luft machen, als die beiden hörten, wie jemand die Tür öffnete. Tal duckte sich sofort hinter einen der Arbeitstische, während Adras zur Decke schoss und sich dort im Schatten verteilte.

Der Eindringling versuchte, sehr leise zu sein. Die Tür öffnete sich einen Spalt weit und Tal sah, wie sich jemand hineinschlich. Im Zwielicht des Saales konnte er nicht ausmachen, ob es ein Geistschatten war oder jemand in schwarzer Kleidung.

Adras schwebte zur Tür und machte sich bereit, auf den Eindringling niederzugehen. Tal hob seinen Sonnenstein, der in Vorbereitung auf einen Roten Strahl der Zerstörung zu flimmern begann.

Jetzt sah Tal, dass es eine Person war und kein Geistschatten. Ganz in Schwarz gekleidet mit einer dicht um das Gesicht geschlossenen Kapuze. Tal sah einen Dolch in der Hand des Eindringlings. Er bewegte sich von Schatten zu Schatten, bis er die offene Kugel und Fashneks Leichnam sehen konnte. Die Gestalt blieb plötzlich stehen und sah sich um.

„Tal?“

Es war eine Stimme aus der Vergangenheit. Die Stimme eines Toten.

Crows Stimme.

Doch das war vollkommen unmöglich. Einen Augenblick nahm Tal an, dass er noch immer unter der Wirkung der Albtraum-Maschine stand. Doch die Sonnensteine auf ihren silbernen Ständern waren dunkel und die Kugel war noch immer offen.

„Tal?"

Tal stand langsam auf. Crow sah ihn und ließ langsam seine Kapuze sinken. Er war sehr bleich und hatte auf der Stirn eine teilweise verheilte Narbe.

„Ich dachte, ich hätte dich umgebracht", flüsterte Tal.

„Ebbitt hat uns gerettet", gab Crow zurück.

„Auch Ebbitt lebt noch?", stieß Tal hervor. Er spürte, wie Erleichterung seinen Körper durchströmte und seine Beine zu zittern begannen. Er musste sich setzen.

„Wir alle haben überlebt", sagte Crow. „Ich dachte, ich hätte *dich* umgebracht. Und ich habe dich auf den Kopf geschlagen. Es … es tut mir Leid. Ich glaube, ich war einfach durchgedreht … Die Erwählten haben meiner Familie so viel angetan …"

„Ich war in der Albtraum-Maschine", sagte Tal. Mehr musste er nicht sagen.

Crow nickte und ging noch einmal zu Fashneks Leichnam.

„Es hat zu lange gedauert, bis es so weit kam", sagte er.

„Es tut mir auch Leid", sagte Tal nach einem kurzen Moment des Schweigens. „Dass ich die Decke zum Einsturz gebracht habe. Alles, was mein Volk deinem Volk angetan hat."

„Jetzt wird alles anders", sagte Crow. „Die Eiscarls werden siegen. Sie haben zugesichert, dass wir dann befreit werden."

„Ich hoffe, dass das geschieht", sagte Tal. Überrascht stellte er fest, dass er es tatsächlich meinte. Er hatte begriffen, dass es so etwas wie natürliche Überlegenheit der Erwählten über irgendjemanden nicht gab. Er musste sogar überrascht zur Kenntnis nehmen, dass es sehr viele Eiscarls und Untervölkler gab, zu denen er aufsah.

„Ich bin gekommen, um dich zu retten", sagte Crow. „Der Kodex hat Ebbitt verraten, wo du bist. Zumindest sagte er das. Du scheinst dich ja selbst gerettet zu haben."

Eine bedrückende Stille kehrte nun zwischen ihnen ein. Tal war sich noch immer nicht sicher, ob er Crow vertrauen konnte. Zu vieles war in der Vergangenheit zwischen ihnen geschehen. Konnte sich der Freivölkler-Junge so sehr verändert haben?

„Ähm, ich muss gehen", sagte Tal nach ein paar Sekunden ungemütlichen Schweigens.

„Wohin?", wollte Crow wissen.

„Zum Violetten Turm", gab Tal langsam zurück. „Sushin hat einen Teil des Violetten Schlüsselsteins. Vielleicht reicht das, damit er den Schleier zerstören kann. Die Sonne wird wiederkommen und das Eis wird schmelzen. Es wird eine Invasion der Schatten geben. Tausende und abertausende von Schatten werden kommen. Ich muss … ich *muss* ihn aufhalten."

„Du wirst Hilfe brauchen", sagte Crow.

„So wie du mir auf dem Roten Turm geholfen hast?", fragte Tal.

Crow schüttelte den Kopf.

„Nein. Ich schwöre es beim Namen meiner Eltern. Wir kämpfen jetzt gemeinsam für dieselbe Sache."

Er schlug seine Fäuste auf die Art der Eiscarls zusammen und zog einen Sonnenstein hervor. Einen Augenblick war Tal versucht, einen Roten Strahl der Zerstörung auf ihn abzufeuern, zwang sich aber dazu abzuwarten. Crow gab ihm einfach in einer Geste des Respekts Licht und Tal ließ den Atem heraus, den er unbewusst angehalten hatte.

„In Ordnung", stimmte Tal zu. Auch er schlug seine Fäuste zusammen und ließ das rote Licht seines Sonnensteins verschwinden, um ihm als Antwort normales Licht geben zu können. Es wurde violettes Licht, obwohl er das nicht gewollt hatte. Auch ohne den Violetten Schlüsselstein schien ihm jetzt etwas wie imperiale Kraft anzuhaften.

„Wir werden gemeinsam kämpfen."

„Adras kämpft auch", donnerte der Geistschatten von der Decke herab. „Aber können wir gegen einen leichteren Gegner kämpfen und nicht unbedingt gegen Sushin?"

Tal ignorierte ihn.

„Du sagtest, dass Ebbitt dir verraten hat, wo ich bin? Wurde er denn nicht schwer verletzt?"

„Nein. Er wurde zwar verletzt, es geht ihm aber wieder gut."

„Und Milla ist bei den Eiscarls?"

Crow lachte einen Moment und wurde dann schnell wieder ernst.

„Milla ist die *Anführerin* der Eiscarls! Sie trägt einen magischen Fingernagel aus Kristall und Sonnenstein-Splittern, den sie die Kralle von Danir nennen. Sie selbst wird jetzt Milla Krallenhand, Kriegsführerin der Eiscarls und Lebendes Schwert von Asteyr genannt. Ich glaube, sie ist gewachsen – nicht in der Größe, sondern in etwas, das man nicht sehen kann. Auch du bist gewachsen, Tal."

„Was meinst du damit?", fragte Tal. Er sah an sich hinab. Er kam sich nicht größer oder stärker vor.

„Du scheinst … wichtiger zu sein", sagte Crow zögernd, denn er war sich selbst nicht sicher. „Weniger ein Junge und weniger ein Erwählter. Du bist etwas Anderes geworden. Etwas Größeres."

„Du hast dich auch verändert", sagte Tal mit einem verschmitzten Lächeln. „Zumindest in deiner Farbwahl." Er war sich nicht ganz darüber im Klaren, ob er den neuen, seltsam rätselhaften Crow mehr mochte als den aggressiven und feindseligen.

Crow sah an seiner schwarzen Robe hinab, die sich so sehr

von den weißen Roben des Untervolks oder den verschieden beschrifteten des Freivolks unterschied.

„Es stimmt, ich habe mich verändert“, sagte er. „Und nicht nur meine Kleidung. Ich weiß jetzt, was wirklich wichtig ist.“

Tal versuchte wieder zu lächeln, stellte aber fest, dass es ihm nicht gelang.

„Ich bin froh, dass Milla die Eiscarls anführt“, sagte er. „Sie weiß über die Gefahr Bescheid, die von Sushin ausgeht. Wie weit sind die Eiscarls in das Schloss eingedrungen? Und wo finden die Kämpfe im Augenblick statt? Ich kenne ein paar Wege zu den Violetten Ebenen, aber sie könnten versperrt sein oder bewacht werden.“

Crow nickte. „Los, lass und im Gehen reden. In der Nähe gibt es keine Kämpfe, zumindest noch nicht. Und es gibt auch Untervolk-Wege zu den Violetten Ebenen. Ich zeige sie dir. Folge mir.“

• KAPITEL •
NEUN

„Bevor wir überhaupt irgendwo hingehen, muss ich herausfinden, was mit der Hauptstreitmacht passiert ist", sagte Milla streng. Sie sah zu Malen hinüber, die einmal mehr in absoluter Konzentration regungslos dastand.

Ebbitt schaute die Crone an und verzog seine Augenbrauen, um sie abzulenken. Aber Malen sah ihn nicht, obwohl ihre blauen Augen weit geöffnet waren.

„Viele deiner Leute sind in den unteren Roten Ebenen", sagte Graile. Sie hatte sich erschöpft auf den Boden gelegt und wurde von Ebbitts und ihrem eigenen Geistschatten gestützt. „Zumindest habe ich das einen Erwählten sagen hören. Tausende von ihnen, sagte er. Ich weiß immer noch nicht genau, weshalb ihr unser Schloss stürmt, aber Onkel Ebbitt sagt, dass wir euch brauchen, um Sushin aufzuhalten. Ich glaube Ebbitt – und das war nicht immer der Fall. Und mein Sohn hat mich zu euch geschickt und nicht zu den Erwählten."

„Tausende?“, fragte Milla. „Die Hauptstreitmacht muss angekommen sein!“

Saylsen schüttelte den Kopf. „Die Erwählten haben wahrscheinlich einfach nur Angst. Denk daran: ‚In der Angst ist nichts sicher. Ein einzelner Sharik wird zum Schwarm. Nur eine besonnene Schildjungfrau kann zählen.‘“

Malens Augen verschleierten sich und plötzlich wurde es still in dem Raum. Alle Eiscarls lehnten sich nach vorn, so als wollten sie ebenfalls hören, was die Cronen sagten.

„Eine Crone steht unten am Ausgang der Heiztunnels. Sie wird nicht weitergehen. Sie sagt, dass sie zweitausend unserer Leute gezählt hat und noch immer kein Ende sieht. Ein paar Verwundete kamen zurück, sagen sie … Sie sagen, dass wir auf den Roten Ebenen siegreich waren und dass sich die Erwählten nach oben auf die Orange-Ebenen zurückziehen!“

„Bitte sie, einer Schildmutter mitzuteilen, dass Milla Krallenhand lebt“, instruierte Milla sie. „Und dass ich mich jetzt zum Violetten Turm durchkämpfen muss. Sag ihr, dass die erfahrenste Schildmutter das Kommando übernehmen sollte, dass sie sich durch sämtliche Ebenen nach oben kämpfen und uns so bald wie möglich beim Violetten Turm treffen sollen.“

„Feyle Ein-Ohr wird das Kommando übernehmen, wenn sie noch lebt“, sagte Saylsen. „Wir sollten ihr einen Boten schicken, damit wir sicher sein können.“

Milla sah die grünen, tropfenden Wände an.

„Wie kommen wir hier heraus?", fragte sie Ebbitt. „Und wie kommen wir zum Violetten Turm?"

„Es ist ein Geheimnis, aber ein paar können mittels Dampfkraft zur oberen Violetten Ebene gelangen", flüsterte Ebbitt und hielt den Finger senkrecht neben seine Nase. „Aber zunächst müssen wir alle in den Eimer springen."

Er zeigte auf die Wand gegenüber der Treppe, über die sie gekommen waren. Dort gab es aber keinerlei Anzeichen von einem wie auch immer gearteten Eimer, einer versteckten Tür oder einer Treppe. Die Eiscarls ließen Ebbitt dennoch durch, damit er in einer komplizierten Reihenfolge gegen ein paar Steine drücken konnte.

Nichts geschah. Ebbitt kratzte sich am Kopf. Dann presste er ein Ohr an die Wand. Was auch immer er hörte, schien ihn zufrieden zu stellen und er ging einen Schritt zurück.

Alle warteten eine Minute und beobachteten die Wand, bis Odris in ihrem Sturmhirten-Flüstern zu Milla sprach – ein Flüstern, das nicht nur alle Eiscarls und Graile hörten, sondern das sicher auch durch die Mauer drang.

„Passiert jetzt irgendetwas?"

„Ja", sagte Milla.

Sie hatte kaum zu Ende gesprochen, da rumpelte es unter ihren Füßen. Alle Eiscarls traten nervös hin und her. Es fühlte sich an wie brechendes Eis und ihre instinktive Reaktion war, so schnell wie möglich wegzulaufen.

„Ähm", sagte Ebbitt. „Vielleicht war es der Boden …"

Er sprang zur Seite, als der Boden sich plötzlich öffnete und ein tiefes Loch zum Vorschein kam. Zwei Schildjungfrauen fingen Ebbitt auf und zogen ihn noch weiter zurück. Alle im Raum wichen an die andere Wand zurück.

Als das Rumpeln aufhörte, hatte sich der Boden um beinahe ein Drittel zurückgezogen und den Blick auf eine Rampe freigegeben, die in ein Becken mit dunklem, abgestandenen Wasser führte.

„Feucht", sagte Ebbitt. Er ging die Rampe hinab. Sein Geistschatten glitt hinter Graile vor, um sich an seine Fersen zu heften. Am Beckenrand blieb der alte Mann kurz stehen, zog seine Brustplatte zur Seite und sprach nach unten, anscheinend zu seiner eigenen Brust. „Ich rate dir, darin die Luft anzuhalten."

Bevor ihn noch irgendjemand fragen konnte, was er überhaupt vorhatte, flammte sein Sonnenstein hell auf und bildete eine Kugel aus grünem Licht um seinen Kopf. Sein Geistschatten ging zuerst, dann folgte ihm der alte Mann voller Zuversicht die Rampe hinunter. Beide verschwanden bald unter der Wasseroberfläche.

„Oh Ebbitt", seufzte Graile. „Wahrscheinlich gibt es einen vollkommen trockenen und einfachen Weg hier heraus, aber er muss sich den schmutzigsten und schwierigsten aussuchen."

Sie stand auf, wäre aber trotz der Hilfe ihres Geistschattens umgefallen, wenn Milla sie nicht am Ellbogen gestützt hätte.

„Danke“, keuchte Graile. „Ich bin … noch immer sehr schwach. Vielleicht könntest du mir mit einer Luftkugel aushelfen?“

„Ist es das, was Ebbitt eben gemacht hat?“, fragte Milla. „Um unter Wasser atmen zu können?“

„Ja. Das ist Grüne Magie, nicht besonders schwer. Luft wird in das Licht komprimiert. Ich glaube nicht, dass ich meinen Atem anhalten kann, daher brauche ich wahrscheinlich eine Luftkugel.“

„Womit muss ich anfangen?“, fragte Milla vorsichtig. Die violette Welle war ihr noch allzu gut in Erinnerung. Was wäre, wenn sie einen Fehler machen würde und um Grailes Kopf eine Kugel ohne Luft formte?

„Ich werde es dir mit meinem Sonnenstein zeigen“, flüsterte Graile. „Du musst nur mit mehr Kraft das nachmachen, was ich dir vormache. Du beeinflusst die Kraft mit deinem Willen – es ist nur eine Frage der Intensität, mit der du an etwas denkst. Ich bin mir sicher, dass du es schaffen wirst.“

Milla nickte. Doch bevor Graile anfangen konnte, trat Saylsen dazwischen. Den Eiscarls war Lichtmagie schon immer suspekt gewesen. Milla hatte es mit der violetten Welle nur noch schlimmer gemacht. Es verursachte ihr Unbehagen, dass sie nicht nur die Sonnenstein-Magie beherrschte, sondern dass sie deshalb auch von den Eiscarls gefürchtet wurde.

„Wir sollten jemanden durch das Wasser vorausschicken, um sich alles anzusehen“, sagte die Schildmutter. „Damit wir wissen, ob es auf der anderen Seite Luft gibt und ob der Weg frei ist."

„Odris kann gehen", sagte Milla.

„Der Schatten atmet aber nicht", gab Saylsen zurück. „Wir müssen sichergehen, dass wir es auch ohne Magie schaffen."

„Milla könnte für jeden von euch eine Luftkugel machen", sagte Graile schwach. „Es würde nicht lange dauern."

Milla sah die Ablehnung im Gesicht jedes einzelnen Eiscarls, aber niemand sagte etwas. Wenn sie den Befehl erteilte, würden alle ihn akzeptieren. Doch sie würde es ihnen nicht befehlen. Und einmal mehr spürte sie einen Stich durch ihr Herz, als ihr klar wurde, wie groß die Kluft zwischen ihr und den Schildjungfrauen und Jägern war, die vor ihr standen.

„Schick, wen du willst", sagte Milla. „Aber binde für alle Fälle ein Seil an den Leuten fest."

Sie wandte sich wieder an Graile.

„Zeig es mir", sagte Milla. „Ich werde für dich eine Luftkugel machen, aber wir werden das Wasser ohne Magie durchqueren. Das ist die Art der Eiscarls."

• KAPITEL •
ZEHN

Nach drei erfolglosen Versuchen, einen der wichtigsten farblosen Korridore zu überqueren, um zu einer der zentralen Treppen zu gelangen, musste Tal sich eingestehen, dass er Crow nach einem Untervolk-Weg zum Violetten Turm fragen musste. Jedes Mal wenn sie über den Korridor gehen wollten, tauchten am Ende große Gruppen bewaffneter Erwählter auf – meist angeführt von einem Imperialen Gardisten – und liefen eilig den Gang entlang. Es war offensichtlich, dass die gesamte erwachsene Bevölkerung der Erwählten einschließlich einiger älterer Kinder gegen die Eiscarl-Invasion mobilisiert worden war.

Viele von ihnen würden wahrscheinlich verletzt oder getötet werden, dachte Tal traurig. Und alle kämpften für eine Lüge. Sie verteidigten sich nicht selbst, sondern waren Marionetten von Sushin und Sharrakor. Der aenirische Plan, den Schleier zu zerstören und die Dunkelwelt zu übernehmen, wurde schon umgesetzt. Sharrakor hatte sogar die Imperatorin kontrolliert.

„Gehen, nicht gehen, zurück, stopp“, brummte Adras. „Das ist ein dummes Spiel.“

„Es ist kein Spiel, Adras“, sagte Tal. „Crow, weißt du, wie wir durch Orange und Gelb nach oben kommen?“

„Ich kenne einen Weg, wie wir geradewegs zu Violett Eins kommen“, gab Crow mit einem leichten Lächeln zurück. „Aber er ist weder einfach, noch wird es ein großes Vergnügen.“

Tal mochte dieses Lächeln nicht. Es erinnerte ihn an den alten Crow, der ihn niedergeschlagen und ihm den Sonnenstein gestohlen hatte.

„Was ist das für ein Weg?“

Das Lächeln verschwand und Crow wurde wieder ernst. „Kennst du die Wäscherutsche?“

Tal nickte. Jeder kannte die Wäscherutsche. Aber man konnte nicht darin hochklettern – nur hinunterrutschen. Außerdem hatte er sie schon einmal benutzt, um Sushin zu entkommen. Sie wurde wahrscheinlich bewacht.

„Es gibt noch eine andere, ähnliche Rutsche“, sagte Crow. „Aber es ist ein vollkommen senkrechter Schacht ohne jede Biegung. Er verläuft von der Serviceküche des Untervolks auf der Violetten Ebene bis ganz nach unten – bis zu den Heiztunnels und noch tiefer. Man nennt ihn den Slopschacht.“

„Den Slopschacht?“, fragte Tal. Das klang nicht gerade erquicklich.

Crow sah Tals Gesichtsausdruck und nickte. „Er ist für die Küchenabfälle aller Ebenen da. Daher riecht es darin auch übel und es ist sehr glitschig. Aber es gibt eine Metallleiter, die über die ganze Länge führt. Glaube ich zumindest.“

„Bist du schon einmal hinaufgeklettert?“, fragte Tal.

„Ja, aber nur bis Indigo Sieben“, gab Crow zurück. „Daher weiß ich auch nicht, ob die Leiter über die ganze Länge reicht. Aber man kann auf jeder Ebene in einer Küche aussteigen. Die Hauptgefahr besteht darin, dass die Röhre so rutschig ist. Und in den heißen Slops.“

„Rutschig? Heiße Slops?“

„Die Leiter ist sehr rutschig, weil immer wieder siedendes Öl und Fett in den Schacht gegossen wird“, erklärte Crow. „Wir müssen beim Klettern einen Puderbeutel mitnehmen und uns immer wieder die Hände einpudern. Und manchmal schütten die Hilfsköche heiße Suppe und andere Essensreste hinunter.“

„Vielleicht kochen sie nicht, weil die Eiscarl-Invasion im Gang ist“, sagte Tal hoffnungsvoll.

Crow schüttelte den Kopf. „Sie werden mehr denn je kochen. Krieger brauchen etwas zu essen. Aber die Leiter ist auf der den Küchenluken abgewandten Seite, sodass uns nur ein weiter Wurf oder eine wirklich große Menge an Essensresten treffen würde.“

Tal dachte einen Moment darüber nach. Es schien keine Alternative zu geben. Er musste so schnell wie möglich auf die Violetten Ebenen und von dort aus in den Violetten Turm gelangen. Dieser *Slopschacht* schien der beste und sicherste Weg zu sein.

„In Ordnung. Aber du gehst voraus."

Crow nickte. „Hier entlang", sagte er. „Irgendwo da hinten gibt es eine alte Küche."

Natürlich wusste Crow genau, wo die alte Küche war. Wie die meisten Orte in der Nähe des Saals der Albträume war sie schon viele, viele Jahre lang nicht mehr benutzt worden. Die Ofenzeile war kalt, ihre Sonnensteine waren längst erloschen. Die Schränke waren leer.

Crow ging zu einer grauen Eisenluke in der Wand. Das Scharnier war an der Unterseite, sodass man die Luke zum Öffnen nach unten ziehen musste. Crow zog an dem Griff, doch die Tür der Luke saß fest.

Tal und Adras kamen ihm zu Hilfe und sie zogen gemeinsam. Es gab ein scharrendes Geräusch und dann einen plötzlichen Ruck. Alle drei fielen hintenüber, den Griff noch immer in der Hand.

Doch die Luke war jetzt einen Spalt weit offen. Ein furchtbarer Gestank drang aus der Öffnung. Es war der Geruch von jahrealtem Kochöl, von uraltem, verrottetem Fleisch und der jüngere, aber nicht weniger abscheuliche Gestank von verfaultem Gemüse.

Tal schüttelte sich und hielt sich die Nase zu. Crow schüttelte den Kopf, als könnte er den Gestank abschütteln. Aber Adras traf es am schlimmsten. Er drehte sich zu einem wilden Wirbelwind hoch und rotierte mit einem ungleichmäßigen Brüllen im Kreis. Was er sagen wollte, war nicht herauszufinden, doch seine Gefühle waren offensichtlich. Adras fand den Slopschacht absolut abstoßend.

„Hör auf damit!", rief Tal, als er einen seiner Ärmel abriss, um sich eine Gesichtsmaske daraus zu machen. Crow tat dasselbe mit seiner neuen schwarzen Robe. „Es ... es ist nicht *so* schlimm."

Adras hörte auf zu rotieren.

„Doch, ist es", beschwerte sich der Geistschatten. „Die Luft ist tot und verpestet!"

„Das sind doch nur Essensreste und ... ähnliches Zeug", sagte Tal tapfer. „Und es ist der schnellste Weg zu den Violetten Ebenen. Wir müssen in diesen Schacht klettern."

„Nein", sagte Adras bestimmt. „Ich werde gehen und Odris suchen."

„Du wirst dich an den Geruch gewöhnen", sagte Tal. Er wusste, dass Adras ihnen folgen würde, was auch immer er sagte. Sie waren aneinander gebunden. Adras konnte sich nicht weit von ihm entfernen und umgekehrt. Tal dachte, dass er ohnehin den stärkeren Willen hatte. Adras würde nachgeben und ihm folgen. „Du gehst voraus, Crow."

Crow nickte. Er band seine Gesichtsmaske um und kletterte durch die Luke. Einen Augenblick später kam er wieder heraus.

„Habe das Puder vergessen", sagte er und zeigte Tal seine schwarzen, schmierigen Handflächen. „Schon die ersten paar Sprossen der Leiter sind verschmiert. Sie bewahren normalerweise etwas Puder in der Nähe der Luke auf …"

Er kramte in den Schränken neben der Luke und fand schließlich zwei alte, verschimmelte Beutel mit einem kreideartigen Pulver. Nachdem er sich versichert hatte, dass sie nicht zu verrottet waren, steckte er seine Hände in einen der Beutel und rieb sie so lange, bis sie ganz von der pudrigen Substanz bedeckt waren.

„Du musst den Beutel so an deinen Gürtel binden, dass du ihn immer noch mit einer Hand öffnen kannst", sagte er und zeigte Tal, was er meinte. „Wir müssen wahrscheinlich auf jeder Ebene die Hände einpudern."

Tal nahm den Beutel, prüfte, ob er dicht war und machte es Crow nach. Irgendwo im Hinterkopf wurde er den Verdacht nicht los, dass die Kletterpartie auf dieser verschmierten Leiter die ideale Gelegenheit für Crow war, sich zu rächen. Er musste lediglich auf Tals Hände treten und er würde mit Sicherheit abstürzen.

„In Ordnung, ich gehe wieder voraus", sagte Crow. „Folge mir nicht zu dicht für den Fall, dass ich abstürze." Er kletterte in die Lukenöffnung und seine Beine verschwanden, als er sich auf die Leiter in der Röhre zog. Seine Stimme hallte heraus, mit einer weiteren furchtbaren Welle der üblen Gerüche.

Tal zögerte. Crow hatte ihn sogar gewarnt und er erschien ihm ehrlicher und offener als in der Vergangenheit. Aber diente all das nur dazu, ihn in Sicherheit zu wiegen?

„Ich geh nicht mit", sagte Adras.

„Doch, das wirst du", sagte Tal streng. „Wir haben keine Wahl. Hör auf mit diesem Blödsinn und folge mir."

Er stieg durch die Luke. Adras folgte ihm tatsächlich, allerdings mit einem ununterbrochenen Geräusch, das an das Jammern eines Kleinkinds erinnerte.

Der Gestank war in der Röhre noch viel schlimmer – so schlimm, dass Tal nur flach Atem holen konnte. Er wusste, dass er sich sofort übergeben musste, wenn er tief Luft holen würde. Die Röhre war enger und dunkler als Tal erwartet hatte. Er ließ seinen Sonnenstein, den er an seinem Kragen festgebunden hatte, heller leuchten. Der Stein schien so hell durch den Stoff, als wäre der nicht vorhanden.

Crow war bereits gut zwanzig Spannen höher und kam gut voran. Tal sah ihm eine Weile beim Klettern zu und stellte fest, dass der Freivölkler-Junge nur den jeweils nächsten Schritt machte, wenn er einen absolut sicheren Stand und Griff gefunden hatte.

Die Sprossen waren wirklich glitschig. Tal war sich nicht sicher, ob er sich ohne das Puder an den Händen überhaupt hätte festhalten können.

Er sah einen Moment nach unten, drehte den Kopf aber schnell wieder hoch. Unter ihm war nichts als absolute Dunkelheit, die die Leiter zu verschlucken schien. Ihm war schon von dem Geruch leicht schwindlig und hinunterzusehen machte es keineswegs besser. Abgesehen davon war es angesichts der drohenden, so genannten Slops, die von oben kommen konnten, wohl klüger, dorthin zu sehen.

Er sah also nach oben und begann zu klettern. Es war ein weiter Weg bis zu den Violetten Ebenen. Und selbst wenn er unterwegs nicht abstürzte, würde er dann noch den Weg in den Violetten Turm finden müssen.

Dann würde er sich Sushin und dem großen Schattendrachen stellen müssen, der Sushins Meister war.

Sharrakor.

• KAPITEL •
ELF

Das Wasser war eiskalt. Doch die Schildmutter, die es bereits einmal durchquert hatte, hatte berichtet, dass sich der geflutete Tunnel schon nach zwölf Spannen wieder nach oben bog.

Zwölf Spannen ist nicht weit, dachte Milla. Sie unterdrückte ein Schaudern, als sie einen weiteren Schritt nach vorn ging und das Wasser ihr bis an die Hüfte stieg. Etwas im Wasser neben ihr bewegte sich und die schlug beinahe mit der Kralle zu, bis sie bemerkte, dass es die schwimmende Odris war. Sogar als Geistschatten genoss Odris Wasser. Für einen Sturmhirten in Aenir war es das Lebenselixier. Oder sogar ein Teil von ihr. Sturmhirten bestanden aus Luft und Wasser. Luft, Wasser und Magie.

Zwei Schildjungfrauen waren dicht hinter Milla und halfen Grailes Geistschatten mit seiner Meisterin, die noch immer sehr schwach war. Milla war angetan von der schillernden Kugel aus grünem Licht, die Grailes Kopf umgab. Sie schien korrekt zu funktionieren.

Milla machte noch einen Schritt und das Wasser ging ihr bis zum Hals. Es war so kalt, dass ihre Lungen den Dienst zu versagen schienen. Und doch, so sagte sie sich, war es nicht so kalt wie ein Windsturm auf dem Eis.

Milla atmete ein paar Mal langsam ein und aus. Dann holte sie den Atemzug, der sie durch den gefluteten Tunnel bringen sollte. Als ihre Lungen voll waren, schob sie sich vorwärts. Eine Hand behielt sie immer an der Wand, damit sie auch in die richtige Richtung lief. Das Wasser war so schmutzig und es war derart dunkel, dass auch ein Sonnenstein nichts nutzte.

Ein Schritt, zwei Schritte, drei Schritte ... es war schwer, unter Wasser voranzukommen. Der Boden unter ihren Füßen war außerdem rutschig und so musste sie besonders vorsichtig sein. Wenn sie hinfallen würde, könnte sie sich verirren oder ihren Kopf anschlagen und kostbare Atemluft verlieren.

Vier Schritte ... fünf Schritte ... sechs Schritte ... das waren doch zwei Spannen, oder nicht? Aber sie hatte kleinere Schritte als üblich gemacht, also stimmte das vielleicht nicht. Sie hatte schon jetzt das Gefühl, dass die Luft nicht reichen würde. Die Kälte drückte gegen ihre Lungen und ihre Kehle.

Vielleicht war sie schwächer, seit sie in Aenir gewesen war und ihren Schatten verloren hatte. Vielleicht hatte auch das

Tragen der Kralle und der Einsatz von Lichtmagie sie geschwächt. Sie hatte sich schon daran gewöhnt, sich von der Magie oder ihrem Geistschatten helfen zu lassen und so hatte sie womöglich einen Teil ihrer Kraft eingebüßt. So eine kleine Unterwasser-Durchquerung hätte sie früher doch nicht beunruhigt.

Zehn Schritte. Oder waren es elf? Milla versuchte, schneller durch das Wasser zu kommen. Sie hatte bereits keine Luft mehr und die Schande, zu ertrinken oder beinahe zu ertrinken und gerettet werden zu müssen, schien ihr unerträglich. Die Schildjungfrau Jorle war schon zweimal ohne die geringste Mühe durchgekommen.

Sie musste weitergehen. Es konnte sich nur noch um ein paar Schritte handeln.

Es sei denn, sie wäre in eine Abzweigung des Tunnels geraten. Was wäre, wenn Jorle Glück gehabt und zufällig geradeaus gegangen und Milla irgendwie in einem Seitengang herausgekommen war? Vielleicht ging sie sogar in tieferes Wasser, in schwarze Tiefen, aus denen es keinen Rückweg gab.

Eine Sekunde später brach sie in Luft und helles Licht hinaus. Sie machte einen tiefen, erleichterten Atemzug. Ebbitt stand etwas weiter oben an der Rampe. Die grüne Kugel um seinen Kopf leuchtete nicht mehr ganz so hell wie zuvor.

„Warum hast du so lange gebraucht?“, fragte er. „Wir müssen einen Lokomotor erreichen.“

Milla stieg aus dem Wasser und ging die Rampe hoch zu Ebbitt. Dann schüttelte sie sich und spritzte den alten Mann nass. Er zuckte zusammen, schnitt eine Grimasse und murmelte etwas über *Handtücher*, zog sich aber nicht zurück.

Hinter Milla ertönte ein lautes Platschen. Graile und die beiden Schildjungfrauen tauchten auf – Tals Mutter zwar zitternd, aber vollkommen ruhig, die beiden Eiscarls japsend und nach Atem ringend.

Als sie zu ihr hochsahen, verlangsamte Milla ihre Atemzüge. Sie wusste, dass ein Anführer immer ruhig und gefasst wirken musste. Doch sie war sich nicht sicher, ob sich die beiden Schildjungfrauen täuschen ließen, vor allem, da sie sofort ihr eigenes Keuchen verbargen.

Als nächster Eiscarl kam Jarek der Wilde. Er befand sich noch immer in dem seltsamen Zustand, der auf den Kampfeswahn folgte. Die Durchquerung schien ihm nichts ausgemacht zu haben, doch er sagte nichts und sah auch niemanden an. Er trottete die Rampe hoch und hielt mit leeren Augen seine Kette fest in den Händen.

Vielleicht war es die Trauer über den Verlust seiner Begleiterin, dachte Milla, als sie einen vorsichtigen Blick auf ihn warf. Vielleicht waren es nicht die Nachwehen seines Wahnes. Sie wusste nicht viel über die Wilden.

„Beeilung, Beeilung", sang Ebbitt. „Ich sagte euch doch, dass wir einen Lokomotor erwischen müssen."

„Das ist nicht der richtige Augenblick für eine Jagd", sagte Milla ungeduldig. „Wir müssen so schnell wie möglich auf die Violetten Ebenen gelangen. Was ist überhaupt ein Lokomotor? Eine Art Bestie?“

„Du wirst schon sehen, wirst schon sehen“, sagte Ebbitt. „Aber es hat nichts mit einer Jagd zu tun. Oh nein. Wir werden ihn benutzen, um damit zu fahren und er wird uns den ersten Teil des Weges transportieren, den wir gehen müssen, um dahin zu gelangen, wohin wir gelangen müssen.“

„Zu den Violetten Ebenen“, wiederholte Milla. Sie wollte absolut sicher sein, dass Ebbitt wusste, wohin sie wollten. Aber auch wenn sie es immer wieder sagte, gab es dafür ohnehin keine Garantie.

„Wir sind alle hier, Kriegsführerin“, rief Saylsen vom Fuß der Rampe. Wie Milla fast erwartet hatte, war die Schildmutter kaum außer Atem. Auch sah sie nicht einmal so nass, erschöpft und unterkühlt aus wie alle anderen.

„Los“, sagte Ebbitt. Er ging voraus und führte die Gruppe die Rampe hinauf in einen sandigen Tunnel, der ohne Wände oder Stützen geradewegs in den Fels hinein verlief. Es waren keinerlei Sonnensteine an der Decke befestigt und so kam das einzige Licht von Millas und Ebbitts Sonnensteinen – und ein wenig von Grailes schwachem Stein.

Der Tunnel war lang. Nach einer Weile vernahm Milla ein eigenartiges Geräusch von oben. Es hörte sich an wie die Metallarbeiter vom Feuerhüter-Clan, die Eiscarls, die das Geheimnis kannten, wie man Steine in Metall verwandelte. Sie waren die Einzigen, die das seltsame Gestein nutzen konnten, das man manchmal um die heißen Ghalt-Becken fand oder das wie Sonnensteine aus dem Himmel fiel. Das Metall, das sie daraus herstellten, war zwar nicht so gut wie das alte Goldmetall der Vorfahren, aber es war genauso wertvoll.

Das Geräusch wurde lauter, je weiter sie vorankamen. Es war der Klang von Metall und das dumpfe Klopfen von Steinen. Ebbitt hörte es offensichtlich, schien aber nicht beunruhigt zu sein. Milla beschloss, dass sie es dann auch nicht sein würde. Die Eiscarls folgten ihrem Vorbild.

„Seid jetzt vorsichtig", warnte Ebbitt. Er wurde langsamer und hob seinen Sonnenstein höher. Milla konzentrierte sich und hielt ihre Krallenhand bereit. Odris, die das sah, zog sich zurück.

„Der Tunnel endet vor uns oberhalb der Lokomotoren-Straße", sagte Ebbitt. „Wir müssen in einen der Lokomotoren-Eimer springen, der uns bis zu einem Punkt bringt, von dem wir mit dem Dampf weiterreisen können. Zumindest ein paar von uns."

„Was ist ein Lokomotor und was bedeutet einer seiner ‚Eimer'?", wollte Milla wissen.

Ebbitt gab keine Antwort, sondern wies sie an, zu ihm zu kommen. Gemeinsam gingen sie langsam weiter. Das Licht ihrer Sonnensteine beleuchtete den Weg vor ihnen, wo sich die Tunnelwände zu einem viel größeren Raum öffneten, in dem sich das Sonnensteinlicht größtenteils verlor.

Der Tunnel endete an einer Klippe, die ungefähr auf halber Höhe in der Wand einer großen Höhle begann. Unter ihnen auf dem Höhlenboden führte ein seltsamer Weg in die Dunkelheit. Der Weg wurde durch drei Metallstränge gebildet, die ungefähr je eine Spanne voneinander entfernt waren.

Irgendetwas, das vielleicht die Größe eines jungen Selski hatte, kam aus der Dunkelheit. Es dauerte einen Augenblick bis Milla begriff, dass dies kein lebendes Wesen, sondern die Quelle des hämmernden Geräusches war. Es war nur eine nach oben offene Metallkiste, die auf einer Plattform mit Rädern stand, die wiederum auf den beiden äußeren Metallsträngen liefen. An beiden Enden der Plattform gab es außerdem noch kleine, gezahnte Räder, die klackend über den zentralen Metallstrang liefen.

„Ein Lokomotor-Eimer", erklärte Ebbitt. „Der Lokomotor ist hinten. Er schiebt die Eimer auf diesen Metallbändern entlang, die Schienen genannt werden. Es gibt eine Menge Lokomotoren und jeder von ihnen schiebt zehn Eimer. Sie kommen aus der Dunkelheit dort unten, steigen dorthin auf, wohin wir wollen und verschwinden wieder in der Dunkelheit."

Milla sah gebannt zu, wie immer mehr der rollenden Kisten erschienen, die Ebbitt *Eimer* nannte. Wie er gesagt hatte, waren es zehn Stück, die von dem seltsamen Lokomotor geschoben wurden. Anders als die Eimer schien dieser Lokomotor wenigstens teilweise zu leben. Es war ein Ding aus seltsam pulsierendem, grauem Fleisch, das auf der rollenden Plattform saß. Der Fleischklumpen hatte kräftige Arme von der Länge eines erwachsenen Eiscarls, die die Räder antrieben. Doch die Arme wurden nicht von Haut bedeckt. Milla sah weiße Knochen und Muskeln, die sich dehnten und zusammenzogen.

„Stellt euch hier in einer Reihe auf", instruierte Ebbitt sie. „Wenn unter uns ein leerer Eimer erscheint, springen wir einfach hinunter."

„Wo steigen wir wieder aus?", fragte Milla. Sie hatte eine Vision von dem seltsamen Lokomotor, der sie irgendwo hinzog, wo sie nicht hinwollten, tief unter das Schloss.

„Vor uns liegt ein Ort, an dem die Schienen steiler werden und der Lokomotor eine Pause macht, um Kräfte zu sammeln", erklärte Ebbitt. „Dort springen wir heraus. Es ist genau neben einem Untervolk-Durchgang, der zu einem Dampfrohr und hinaus auf Blau Fünf führt."

„Wohin geht der Lokomotor dann?"

Ebbitt zuckte mit den Schultern. „Wieder nach unten", sagte er. „Ich weiß nicht, wohin. Eines Tages werde ich es herausfinden."

Gerade als Ebbitt zu Ende gesprochen hatte, erschien der erste Eimer auf ihrer Höhe. Er bewegte sich kaum schneller als im Schritttempo vorwärts und war nur vier oder fünf Spannen unter ihnen. Sogar Graile konnte es mit Hilfe ihres Geistschattens schaffen, dachte Milla.

„Alle hier an der Kante aufstellen", befahl Milla. „Wir werden in die letzten beiden Eimer springen."

„Nein, nicht die letzten beiden", unterbrach Ebbitt sie. „Lasst mindestens einen Eimer Abstand zum Lokomotor."

Milla sah ihn fragend an.

„Er hat zusätzliche Arme zu denen, mit denen er die Räder antreibt", sagte Ebbitt. „Und ich glaube, irgendwo unter dem ganzen Fleisch hat er auch einen Mund."

Milla wusste nicht, ob sie ihm glauben sollte, doch es war besser, auf Nummer sicher zu gehen.

„Du hast das doch schon einmal gemacht, oder nicht?", fragte sie.

Ebbitt lächelte.

„Macht euch zum Sprung bereit", sagte Saylsen, die die Eimer im Auge behalten hatte und das richtige Timing abschätzte. „Vermeidet wie angewiesen den letzten Eimer."

„Du hast es schon einmal getan, oder nicht?", wiederholte Milla ihre Frage.

Ebbitt lächelte immer noch, aber schien nicht antworten zu wollen.

„Springt!", rief Saylsen.

• KAPITEL •
ZWÖLF

Tal stieg erschöpft aus der Luke und fiel auf den Küchenboden. Der Klettergang war länger gewesen, als er es sich vorgestellt hatte. Viel länger als der auf den Roten Turm. Seine Hände waren aufgeschürft und Blut vermischte sich mit dem Puder. Eine seiner Schultern war von übelriechenden Essensresten bedeckt, die auf halbem Weg den Schacht herabgefallen waren. Glücklicherweise waren sie kalt gewesen.

Crow saß mit bleichem Gesicht ganz in der Nähe, offensichtlich noch erschöpfter als Tal. Adras glitt an der Decke entlang und versuchte, so weit wie er konnte von dem stinkenden Slopschacht wegzukommen.

Anders als die Küche, aus der sie weit unten aufgebrochen waren, war diese noch in Betrieb. Unter zahlreichen Töpfen brannten Feuer und ein paar alte, von Sonnensteinen beheizte Warmhalteplatten leuchteten gelb-rot. Eine ständige Brise wehte durch die Küche und saugte Rauch und Kochdämpfe durch Löcher in der Decke ab. Arbeitstische waren voller frischer Zutaten, die von den Untervolk-Köchen vorbereitet worden waren. Tal sah Belish-Wurzeln, Höhlenfische, Shrimps, orangefarbene und blaue Yaribels, blaue Pilze und noch mehr – genug, um ihn an seinen Hunger zu erinnern.

Alle Untervölkler hatten sich am anderen Ende der Küche versammelt. Sie fürchteten sich offensichtlich vor den müllverkrusteten Eindringlingen, die aus der Slopschacht-Luke gestiegen waren. Tal hob seinen Sonnenstein und ließ ihn violett aufblitzen. Die Untervölkler kehrten sofort zu ihren Aufgaben zurück und ignorierten die unerwarteten Besucher.

„Ein Lichtblitz und sie wissen, wer ihr Meister ist", flüsterte Crow. Doch er sagte es ohne den Hass, der ihm früher zu Eigen gewesen war. Er klang einfach nur traurig.

Tal betrachtete die Geschirrstapel auf einem Tisch neben ihm. Es war alles aus violett gefärbtem Kristall, was bedeutete, dass sie sich tatsächlich in einer Küche auf einer der Violetten Ebenen befanden.

„Wohin gehen wir von hier aus?", fragte Crow. „Wie kommen wir in den Violetten Turm? Ich hoffe, wir müssen nicht an der Außenseite hochklettern."

„Ich bin mir nicht sicher", gab Tal zu. Er wusste nur sehr wenig über den Violetten Turm. Er erinnerte sich lediglich an das, was man ihm beigebracht hatte: dass er größer und höher war als die anderen Türme. Tal hatte die oberste Spitze kurz vom Roten Turm aus gesehen, doch der war vom Violetten Turm am weitesten entfernt und so hatte Tal nicht viele Details ausmachen können.

„Du musst doch irgendeine Idee haben“, fuhr Crow fort.

„Ich habe tatsächlich eine Idee“, sagte Tal. „Ich bin mir nur nicht sicher, ob es eine gute ist.“

Crow sah ihn erwartungsvoll an.

„Also“, begann Tal, „die Imperatorin muss doch in der Lage sein … gewesen sein, in den Violetten Turm zu gelangen. Und es gibt ein Kinderlied-Rätsel, das vielleicht etwas damit zu tun haben könnte. Ich kann mich aber nur undeutlich daran erinnern. Es hat eine Strophe, die so geht: ‚Der Erste saß hier, der Zweite spähte hier, der Dritte floh hier, der Vierte aß hier, der Fünfte wurde hier geboren, der Sechste sang hier und der Siebte wuchs hier auf.‘ Von der Antwort erinnere ich nur noch ein paar Zeilen. Der Erste war ein Imperator, der Dritte ein Vogel – vielleicht eine Krähe, glaube ich, – und dann hört es auf mit ‚der Siebte war ein Turm.‘ Und ‚hier‘ war der Audienzsaal, in dem auch der Imperiale Thron steht. Ich weiß nur nicht, wo der Audienzsaal ist.“

„Ich weiß, wen wir fragen können“, sagte Crow. Er stand langsam auf und sah zu den Untervölklern, die sorgsam Abstand hielten. „Wenn die Imperatorin jemals nach etwas zu trinken oder zu essen gefragt hat, müsste es ihr jemand von hier gebracht haben.“

„Das glaube ich auch“, sagte Tal. Er stand ebenfalls auf,

wobei er die stechenden Muskelschmerzen in seinen Armen und Beinen ignorierte.

Crow fand den erfahrensten Untervölkler, einen alten Koch, und sprach ihn an. Tal versuchte in der Zwischenzeit, sich etwas zu strecken, um dem Muskelkater vorzubeugen, der ihn früher oder später mit Sicherheit überfallen würde. Er war müde und seine Erschöpfung wurde durch die Nachwirkungen des Wasserspinnengifts noch verstärkt. Er hörte bei dem Gespräch zwischen Crow und dem Koch nicht zu, bis Crow ihn rief.

„Tal! Komm her und hör dir das an."

Tal stieß sich von dem Tisch ab, an dem er lehnte, und ging zu ihnen hinüber. Über ihm glitt Adras an der Decke entlang.

„Erzähl ihm, was du mir gesagt hast", bat Crow den Koch.

Der Untervölkler verbeugte sich nervös. Er wusste nicht genau, was er von Crow halten sollte. Auch bei Tal war er sich trotz des Sonnensteins und des Geistschattens nicht sicher.

„Wie es Euch beliebt, Ihr Meister ..."

„Nenn uns nicht Meister!", unterbrach Tal ihn.

Der Koch neigte noch ein paar Mal den Kopf und räusperte sich.

„Ja, Me... – wie Ihr wünscht. Der Audienzsaal und der Imperiale Thron werden nicht benutzt. Sie wurden von Ihrer Hoheit seit Jahren nicht mehr benutzt. Eigentlich hat sie ihn niemals betreten, wie mir auch meine Eltern schon erzählten."

„Aber er muss doch von Zeit zu Zeit gereinigt werden", sagte Crow. „Alles wird geputzt."

Der Koch schüttelte den Kopf.

„Nein, nein. Die Türen können nur von der Imperatorin geöffnet werden. Während der Zeit meines Vaters, unter dem alten Imperator, waren die Türen immer offen und ich bin mir sicher, dass wir den Raum gründlich gereinigt haben. Er wird nicht vernachlässigt, Meister, sicher nicht. Ich bin mir sicher, dass die Reiniger glücklich, ja höchst erfreut wären, den Audienzsaal wieder einmal reinigen zu dürf…"

„Kannst du uns zeigen, wo die Türen des Audienzsaals sind?", fragte Tal. „Können wir durch Untervolk-Gänge dorthin kommen?"

„Ich bin hier eingeteilt", sagte der Koch nervös und warf einen schnellen Blick auf die anderen Untervölkler, die an den Feuerstellen und Tischen arbeiteten. „Ich kann hier nicht weg. Aber ich könnte Euch einen unserer Kellner mitschicken, wenn es Euch Meistern beliebt."

„Hör mit diesem ‚Meister und wenn es Euch beliebt'-Gerede auf", sagte Crow. Etwas von seiner alten Wut war wieder zurückgekehrt. „Du wirst bald frei sein. Die Eiscarls haben das Schloss gestürmt und werden siegen. Die Erwählten verlieren."

Der Koch begann bei Crows Worten zu zittern und gab keine Antwort. Die Verwirrung war in seinen Augen deutlich zu sehen. Er hatte sein Leben lang nur eine Welt kennen gelernt und konnte sich nicht vorstellen, dass sie sich verändern würde.

„Ein Kellner wäre gut", sagte Tal freundlich. „Wenn er den Weg kennt."

Der Koch neigte wieder den Kopf und eilte davon. Er rief einen Namen.

„Ich hoffe, die Tür ist noch immer geschlossen", sagte Tal.

„Weshalb?", fragte Crow. „Wie sollen wir denn hineinkommen?"

„Ich hatte vergessen, dass die Imperatorin niemals den Violetten Schlüsselstein hatte", erklärte Tal. „Mercur – der alte Imperator, den sie abgesetzt hat – schaffte es, mit dem Stein zu fliehen. Er starb in den Heiztunnels. So kamen Milla und ich an den Stein, den Ebbitt in zwei Teile spaltete."

„Und?"

„Ich wette, man braucht den Violetten Schlüsselstein, um die Türen zum Audienzsaal zu öffnen und in den Violetten Turm zu kommen. Deshalb ist die Tür seit Mercurs Zeiten geschlossen. Wenn sie jetzt offen steht, bedeutet das, dass Sushin meine Hälfte des Steines, die er mir gestohlen hat, bereits benutzt hat."

Crow nickte nachdenklich.

„Was machen wir, wenn wir Sushin in die Arme laufen?", fragte er. „Ich meine, falls er noch immer da ist."

„Wir müssen mit allem auf ihn schießen, was wir haben",

sagte Tal. „Du kannst doch einen Roten Strahl der Zerstörung machen, oder nicht?“

„Ja“, gab Crow zu. Er war zwar ein Untervölkler, hatte aber einmal einen Sonnenstein gestohlen und war insgeheim von Ebbitt und dem Lektor Jarnil ausgebildet worden.

„Dann benutz ihn“, sagte Tal. „Es gibt noch einen anderen Zauber, den ich gegen ihn anwenden würde, wenn ich es schaffe. Die Violette Diskontinuität.“

„Was bewirkt sie?“

„Sie löst alles auf, was sie berührt“, gab Tal grimmig zurück. „Ich wünschte nur, ich hätte mir zugetraut, es vorher einmal an ihm zu probieren.“

Der Koch kam durch die Küche zurück. Er wich den Arbeitern aus, die zwischen Herd und Arbeitstisch hin und her gingen, Ofentüren öffneten oder Messer wetzten. Ein kleiner Untervolk-Junge, nicht älter als sechs oder sieben Jahre, lief hinter ihm her, wobei er sich immer wieder an die Nase fasste. Als er bemerkte, dass Tal ihn ansah, streckte er die Arme hinter den Rücken in der offiziellen Pose eines Dieners.

„Das ist Edol“, sagte der Koch. „Er wird Euch durch die Serviergänge zum Audienzsaal führen.“

• KAPITEL •
DREIZEHN

„Ich kann nicht wirklich behaupten, dass ich diese Vergnügungsfahrt schon einmal genießen durfte“, antwortete Ebbitt endlich, einen Augenblick nachdem er mit Milla in dem Metalleimer gelandet war. „Aber ich habe darüber gelesen.“

„Ich hoffe, dass es stimmt, was du gelesen hast“, sagte Milla. „Ich bewege mich nicht gern auf diese Weise fort, auf diesen Metallschienen. Sogar ein Selski lässt sich lenken.“

Die anderen Eiscarls in dem Eimer murmelten Zustimmung.

Die sanft ansteigenden Seiten des Eimers waren zu hoch, um darüber hinweg schauen zu können, daher befahl Milla einer Schildjungfrau, auf Jareks breite Schultern zu klettern und in Fahrtrichtung zu sehen. Odris glitt nach oben und streckte den Kopf hinaus, damit sie auch etwas sehen konnte.

„Wann wissen wir, dass wir aussteigen müssen?“, fragte Milla. „Gibt es ein Zeichen oder eine Markierung?“

„Wenn der Lokomotor langsamer wird, wissen wir Bescheid“, sagte Ebbitt. „Wenn der Lokomotor wieder schneller wird, sind wir über unser Ziel hinausgeschossen.“

Milla zog eine Grimasse und wandte sich ab. Sie musste nachdenken. Wenn die Hauptstreitmacht tatsächlich unten angekommen war und angriff, würde die Vorhut rechtzeitig abgelöst werden. Tal würde es wahrscheinlich gut gehen, da Ebbitt sicher war, dass Crow ihn retten würde – außerdem traute sie Fashnek nicht sonderlich viel zu. Aber Sushin hatte den halben Violetten Schlüsselstein und konnte den Schleier damit zerstören. Bei dem wenigen, was sie hier unten wussten, konnte er es schon getan haben. Hier unten in dieser Metallkiste, in der sie in gerader Linie wohin auch immer fuhren …

„Was liegt vor uns?“, fragte sie plötzlich.

„Es ist sehr dunkel“, gab die Schildjungfrau zurück. „Ich glaube … ich glaube, die Schienen vor uns führen abwärts.“

„Abwärts?“, fragten Ebbitt und Milla gleichzeitig.

„Ja“, gab die Schildjungfrau zurück. „Definitiv. Ich sehe vor uns einen Lokomotor, aber keine Eimer, die er schieben könnte. Jetzt ist er auch verschwunden. Es muss ein steiler Abhang sein.“

„Vielleicht habe ich mich falsch erinnert“, grübelte Ebbitt. Er senkte den Kopf und kratzte sich unter der Brustplatte seiner Panzerung. „Habe ich vorhin gesagt, dass die Schienen vor dem Untervolk-Korridor *ansteigen* oder *absteigen*? Ansteigen, absteigen, anhängen, abhängen … ups!“

Er drehte sich zu Milla um und verbeugte sich tief.

„Ich fürchte, meine Liebe, ich habe mich unklar ausgedrückt. Wir müssen aus diesem Fahrzeug aussteigen, bevor die Schienen *abfallen*."

„Unser erster Eimer ist bereits über die Kante", berichtete die Schildjungfrau.

„Alle raus!", schrie Milla. „Springt!"

Sie sprang auf und setzte sich rittlings auf den Eimerrand, um abspringen zu können. Um sie herum sprangen schon die anderen Eiscarls ab, doch Milla zögerte im letzten Augenblick. Jemand fehlte. Sie blickte nach unten und sah Graile, die noch immer schlafend neben ihrem Geistschatten lag.

„Graile!"

Die Erwählte Frau regte sich nicht.

Milla sprang wieder in den Eimer zurück und rief nach Odris.

„Was?", kam es leise von dem Geistschatten. Odris rief aus weiter Entfernung, denn sie hatte Millas Befehl zu springen befolgt.

„Komm her!", brüllte Milla. „Jetzt!"

Sie beugte sich hinunter und schüttelte Graile heftig, doch die Erwählte rührte sich noch immer nicht. Sie atmete, war aber tief bewusstlos.

Milla hörte, wie noch ein Eimer über die Kante kippte. Das regelmäßige Klacken des dritten Rades wurde von einem viel höheren, anhaltendem Quietschen abgelöst.

Jetzt gab sie Graile eine Ohrfeige, aber die Erwählte wachte nicht auf. Auch ihr Geistschatten bewegte sich nicht.

„Odris!“

„Ich bin hier“, maulte Odris, die über dem Eimer schwebte. „Kein Grund zu schreien.“

Milla warf sich Graile über die Schulter. Sie war für ihre Größe überraschend leicht, aber dennoch war es nicht einfach, sie zum Eimerrand hochzudrücken.

„Nimm sie!“, befahl Milla Odris.

Der weibliche Geistschatten schwebte tiefer und nahm Graile mit zwei wolkigen Armen auf. Als sie wieder aufstieg, stieß sie einen überraschten Schrei aus.

„Sie steckt fest“, sagte Odris. Im gleichen Augenblick hörte Milla, wie der nächste Eimer über die Kante kippte. Es war der dritte und sie saßen im sechsten. Sie hatte noch fünf, sechs Atemzüge, bevor sie über die Kante kippen würden.

„Was meinst du?“, fragte Milla verzweifelt. Dann sah sie, was Odris meinte. Grailes Geistschatten hielt sich mit einer Klaue an Graile fest und etwas hielt sie beide unten. „Zieh fester!“

„Ich kann mich nicht bewegen!“, jammerte Odris. „Der Geistschatten hat irgendetwas Übles angestellt. Er ist zu schwer.“

„Lasst sie los!“, rief eine andere Stimme. Saylsen, die Schildmutter, war auf den Eimerrand zurückgesprungen und sah sich die Situation an. „Lass sie zurück, Kriegsführerin!“

Der nächste Eimer ging über die Kante. Nummer vier. Milla stand regungslos da. Ihr Verstand arbeitete schneller, als sie sich jemals fortbewegt hatte.

„Licht, Odris! Welches Licht ist am besten für Geistschatten? Um euch stark zu machen?“

„Ich weiß es nicht!“, kreischte Odris. „Kann ich loslassen?“

„Denk nach! Welche Lichtfarbe?“

„Weiß!“

„Schau weg, Saylsen.“

Milla richtete ihren Sonnenstein auf Grailes großen Vogel-Geistschatten und dachte an pures, weißes Licht, das hellste, das sie sich vorstellen konnte. Gleichzeitig drehte sie den Kopf weg und verengte die Augen zu Schlitzen.

Licht brach aus dem Sonnenstein hervor. Pures, helles Licht, das den Eimer und die Höhle erleuchtete und die beiden Geistschatten erscheinen ließ wie aus schwarzem Stoff ausgeschnitten und an eine weiß gekalkte Wand geklebt.

Grailes Geistschatten regte sich und zuckte mit den Flügeln. Er öffnete ein Auge und den Schnabel.

„Spring, Kriegsführerin!“, rief Saylsen. Ihrem Schrei folgte unmittelbar ein Geräusch vom fünften Eimer, der über die Kante kippte.

Als Nächstes waren sie an der Reihe.

Milla ließ noch immer das Licht auf Grailes Geistschatten scheinen. Sie hob den anderen Arm und rief nach Odris.

„Odris! Heb mich hoch!“

Odris zog an, Saylsen sprang und der Eimer begann zu kippen. Graile rutsche bis ans Ende, als Milla in die Luft sprang und Odris anzog. Das weiße Licht riss ab und der Eimerrand schlug gegen Millas Stiefel, als Odris sie stöhnend in die Luft hob.

Sie landeten nur ein paar Spannen von der Kante entfernt, als der siebte Eimer überkippte.

Saylsen stand bereits wieder auf den Beinen. Aber es gab keine Spur von Graile oder ihrem Geistschatten.

Milla lief zur Kante und sah hinunter. Es war ein vertikaler Abhang und er reichte so weit nach unten, wie sie im Licht ihres Sonnensteins sehen konnte. Und irgendwie steckten der Lokomotor und seine Eimer an den Metallschienen fest. Aber was auch immer sich in den Eimern befand, es würde mit Sicherheit herausfallen, dem fernen Tod entgegen.

Milla war plötzlich furchtbar wütend auf Ebbitt. Bisher war sie seinen verworrenen, wahnsinnigen Methoden und Wegen gefolgt, doch jetzt hatte er die Tochter seines Bruders in den Tod geführt. Sie wandte sich von dem Abgrund ab, um Ebbitt zu finden ... und sah gerade noch einen Arm, der sich von dem nächsten Lokomotor ausstreckte. Ein rosafarbener und grausiger Arm von fünfzehn Spannen Länge, der in einer Hand von der Größe eines menschlichen Körpers endete; eine Hand, die nach Saylsen griff, als der Lokomotor vorbeirollte.

„Hüte dich vor dem Feind!", rief Milla und rannte los. Die Kralle an ihrer ausgestreckten Hand verlängerte sich schon.

Saylsen wirbelte gerade mit gezogenen Messern herum, als die Hand zugriff. Die Schildmutter schlug wieder und wieder mit dem Messer darauf ein; graues, wässriges Blut quoll aus dem grausigen Arm hervor. Doch der Lokomotor ließ nicht los und der letzte Eimer ging über die Klippe. Der Lokomotor kippte gerade, als Milla die Hand ausstreckte und zuschlug.

Ein gleißend helles Band aus Licht schoss aus der Kralle und fuhr über das Handgelenk der Kreatur. Funken schossen überall hervor und blendeten Milla einen Augenblick lang. Sie warf sich auf den Boden für den Fall, dass ein zweiter Arm angreifen würde, während sie nichts sehen konnte, und rollte sich weiter von dem Abgrund weg.

Als sie wieder etwas erkennen konnte, sah sie Saylsen auf dem Boden, noch immer im Griff der verletzten Lokomotoren-Hand. Milla stand auf und lief auf sie zu – vielleicht würgte die Hand die Schildmutter ja noch, obwohl sie abgetrennt war.

Dann hörte sie hinter sich eine Bewegung, das plötzliche Rauschen von Luft. Zuerst dachte Milla, der Lokomotor hätte sich irgendwie umgedreht. Sie warf sich zur Seite und wirbelte mit bereit gehaltener Kralle herum.

Doch es war nicht der Lokomotor.

Es war Grailes Geistschatten. Seine riesigen Flügel waren zum ersten Mal voll entfaltet, seit Milla ihn gesehen hatte. Er war gerade noch mit wild flatternden Flügeln über die Schienen geflogen und wich jetzt Milla und ihrer Kralle aus. Der Geistschatten hielt Graile sanft in seinen Krallen. Er schwebte ein paar Sekunden auf der Stelle, setzte Graile auf dem Boden ab und landete neben ihr.

Erst jetzt wachte die Erwählte auf. Sie streckte sich, gähnte und sah sich dann verwundert um. Sie sah Milla und Saylsen, die sich aus der verletzten Hand des Lokomotors wand. Und Ebbitt und die Eiscarls, die auf sie zurannten.

„Es tut mir Leid", sagte sie. „Ich muss eingeschlafen sein. Habe ich etwas verpasst?"

• KAPITEL • VIERZEHN

Edol führte Tal und Crow durch mehrere immer enger werdende Korridore, die von den Untervolk-Kellnern benutzt wurden. Langsam wurde deutlich, warum die Kellner zum größten Teil Kinder waren, denn es gab ein paar Stellen, an denen Tal und Crow kriechen oder sich durch irgendwelche Spalten quetschen mussten. Der Servicegang verlief zum Teil unter dem Boden oder durch eine Wand. Von Zeit zu Zeit gab es kleine Gucklöcher oder Luken, durch die man Essen hinausreichen konnte. Edol führte die beiden Jungen aber mit einem solch schnellen Tempo, dass keine Zeit blieb, sich umzusehen.

Irgendwann kamen sie an eine Gabelung von vier ungefähr gleich engen Korridoren. Edol zeigte auf den linken, der in einer schmalen Tür endete. „Dahinter liegt die Große Parade", sagte er. „Türen zum Audienzsaal gegenüber der Großen Parade."

Dann lief er in den Korridor davon, der in die entgegengesetzte Richtung führte, und sein Zeigefinger fuhr wieder an seine Nase.

Crow quetschte sich in den Korridor und Tal folgte ihm dichtauf mit Adras an seiner Schulter. Tal wollte Crow noch immer lieber vor sich haben, wo er ihn sehen konnte, obwohl sich der Freivolk-Anführer bisher gut verhalten hatte.

„Die Dunkelheit soll diesen Jungen holen!“, fluchte Crow, als er die Tür untersuchte.

„Was ist denn los?“

„Das ist keine richtige Tür“, sagte Crow. „Es ist ein Loch in der Wand, über dem ein Gemälde oder so etwas hängt. Ich muss das Gemälde von der Wand wegdrücken und das wird sicher Lärm verursachten. Wenn sich irgendjemand auf der Großen Parade aufhält, wird er es sofort hören.“

„Kannst du es nicht leise anheben?“, fragte Tal.

„Nein. Es ist zu schwer.“

„Kannst du ein Loch hineinschneiden?“, fragte Tal. Er dachte an die Porträts der ehemaligen Lektoren, die im Lektorium hingen. Sie waren auf Stoff gemalt, der wiederum auf Metallrahmen gespannt war.

Crow tippte noch einmal gegen das Hindernis und schüttelte den Kopf.

„Es besteht aus etwas Festem. Ich glaube … ich glaube, es ist ein dünnes Metallblech. Es könnte sich sogar um einen Spiegel handeln.“

„Wir sollten es einfach riskieren", sagte Tal schließlich. „Hoffentlich sind alle damit beschäftigt, gegen die Eiscarls zu kämpfen."

Crow nickte und zog am oberen Ende des Bleches. Es bewegte sich langsam mit einem kreischenden Geräusch, das Tal die Haare zu Berge stehen ließ.

„Beeil dich!", sagte er. Das anhaltende Kreischen von Metall auf Stein war schlimm genug, von anderen Geräuschen ganz zu schweigen. „Adras, hilf ihm!"

Adras schwebte um Tal herum und drückte mit seinen dicken Wolkenarmen. Das Kreischen hörte beinahe sofort auf, das Blech fiel nach vorn und das helle, violett getönte Licht des Korridors auf der anderen Seite fiel herein.

Crow, Tal und Adras sahen, wie das metallene Rechteck fiel und warteten gespannt auf den Lärm, der gleich zu hören sein würde. Aber sie waren weder auf den gewaltigen Krach gefasst, der tatsächlich entstand, noch auf das Klingeln, das darauf folgte und durch sämtliche Gänge hallte.

Außerdem blitzte überall Licht auf, denn das Blech war *tatsächlich* ein Spiegel aus hochglanzpoliertem Silber gewesen. Es schlug mehrfach auf dem Boden auf und gab wilde Lichtreflexionen in alle Richtungen ab.

„Schnell!", sagte Tal und alle drei zwängten sich hinaus auf die Große Parade. Das Klingeln noch immer in den Ohren, sahen sie sich in alle Richtungen nach möglichen Feinden und einem Fluchtweg um.

Dann hielten sie inne und starrten nur noch.

Ihnen schräg gegenüber befanden sich zwei gewaltige Türflügel, die ein Tor mit rundem Bogen bildeten. Sie bestanden aus uraltem goldenen Metall und waren über und über mit winzigen Sonnensteinen besetzt, die in den schillerndsten Farben leuchteten; Licht in den Farben des Regenbogens leuchtete ständig auf der Oberfläche der Türen.

Beide Türen waren halb offen. Doch weder die Sonnenstein-bedeckten Türen, noch die Tatsache, dass sie offen waren, konnten Tal und Crow aufhalten.

Vor den Türen lagen zahllose Leichen von Erwählten auf dem Boden. Mehr als ein Dutzend, auch Erwählte in violetten Roben und Wachen. Es gab keinerlei Anzeichen von Geistschatten.

Das letzte Echo des Klingelns verstummte schließlich und der silberne Spiegel blieb still liegen.

„Sushin war schon hier“, sagte Crow.

Tal nickte und wandte seinen Blick ab. Er sah die Große Parade entlang. Hier war er noch nie zuvor gewesen, obwohl er schon einmal auf den Violetten Ebenen gewesen war. Die Große Parade machte ihrem Namen alle Ehre, denn sie war ein gebogener, breiter Korridor, der sich viele Spannen in alle Richtungen erstreckte, bis er sich außer Sichtweite schlängelte.

Es war niemand zu sehen – zumindest niemand Lebendiges. Tal ging zu den Toten, um sie sich anzuschauen. Sie hatten alle einen eher überraschten als erschrockenen Gesichtsausdruck. Keiner von ihnen hatte einen Sonnenstein in der Hand oder sonst irgendwo sichtbar am Körper. Die Schwerter der Imperialen Gardisten steckten noch immer in den Scheiden. Außerdem gab es keinen sichtbaren Hinweis auf die Todesursache. Keine Wunden, keine Verbrennungen oder andere Zeichen fataler Lichtmagie.

„Ich frage mich, wer sie wohl getötet hat", murmelte Tal, während er zwischen den Leichen umherging. Crow ging dicht neben ihm her und beide hielten ihre Sonnensteine in den Händen bereit. „Und wie sie getötet wurden."

Eine Bewegung in der Nähe eines der Türflügel ließ sie erschrocken herumfahren. Rotes Licht blitzte an ihren Sonnensteinen auf. Eine der Gardistinnen saß mit dem Rücken zur Wand. Sie war offensichtlich nicht tot, denn sie hatte ihre Hand bewegt.

Tal erkannte sie. Es war Ethar, ein weiblicher Schattenlord der Violetten und eine hohe Offizierin der Imperialen Garde. Ihre Hand zuckte noch einmal und Tal bemerkte, dass sie versuchte, ihn zu sich zu winken.

„Wer ist da?", flüsterte die Frau und hob ihre Hand dabei ein wenig. Ihre Augen starrten ins Leere. Tal zuckte erschrocken zusammen, als ihm klar wurde, dass sie blind war.

„Tal Graile-Rerem", sagte er und stieg über eine der Leichen, um näher zu kommen. Er hielt sich noch immer für einen plötzlichen Angriff bereit, wenn er auch nicht glaubte, dass er kommen würde. Zumindest nicht von Ethar. Ihr Gesicht war so bleich wie die toten Erwählten und er wusste, dass sie nicht mehr lange leben würde.

Ein Lächeln kam kurz über Ethars Lippen.

„Der Beastmaker-Junge“, sagte sie und musste sofort husten. Mit dem Husten kam ein Schwall hellroten Blutes aus ihrem Mundwinkel. „Du hast gut gespielt.“

„Hat Sushin all dies angerichtet?“, fragte Tal. „Ist er in den Audienzsaal gegangen?“

Ethar antwortete nicht sofort. Ihre Brust hob sich und noch mehr Blut lief aus ihrem Mund. Dann sagte sie: „Ja und ja. Wir haben protestiert, denn obwohl er der Dunkle Vizier ist, hatte er kein Recht, die Türen zu öffnen … Er zeigte uns den Violetten Schlüsselstein und befahl uns zu schweigen. Er sagte, er wäre der Imperator und wir müssten seinem Willen Folge leisten. Doch trotz des Schlüsselsteins muss die Hohe Zusammenkunft entscheiden und wir sagten ihm …, dass er nicht passieren dürfte.“

Sie hielt inne und Tal wartete, bis sie stockend Atem geholt hatte.

„Dann blendete er uns mit dem Schlüsselstein und sprach in der Dunkelheit Worte, die unsere Geistschatten sofort zu Fall brachten. Ich spürte, wie mein Kerukar verschwand und beinahe wäre ich ihm gefolgt. Doch es kam nicht so. Die Pflicht … es ist meine Pflicht … Du musst ihn aufhalten, Tal, denn er darf nicht der Imperator sein … er darf nicht der …“

„Ich werde ihn aufhalten, wenn ich kann", sagte Tal.

„Ich möchte dich um einen kleinen Gefallen bitten, bevor du gehst", flüsterte Ethar. „Von einem Spieler zum anderen. Beende dieses Spiel."

„Was … was meinst du damit?", fragte Tal, doch er wusste, was sie meinte.

„Einen Roten Strahl", flüsterte Ethar. Ihre Hand bewegte sich schwach zu ihrem Herzen und schlug dagegen. „Hier. Lass mich nicht leiden."

Tal hob seinen Sonnenstein. Rotes Licht baute sich darin auf und wurde heller. Dann schoss ein einziger, dünner Strahl hervor und traf genau dort, wo Ethar hingezeigt hatte. Ihr Körper zuckte kurz zusammen und rutschte dann langsam an der Mauer herab.

Tal wischte sich die Augen und wandte sich ab.

„Ich habe … ich habe noch niemals jemanden getötet", sagte Crow leise. „Keinen einzigen Erwählten, was auch immer ich erzählt haben mag. Ich hätte das nicht tun können, was du … gerade getan hast."

„Ich hätte es auch nicht tun können", krächzte Tal. „Bevor ich die Eiscarls traf. Vor … vor all dem, was geschehen ist."

Crow wollte gerade noch etwas sagen, als Adras plötzlich hochfuhr und die Große Parade hinabsah.

„Was ist los?", fragte Tal. „Kommt jemand?"

„Ja", sagte Adras. „Ein Monster."

• KAPITEL • FÜNFZEHN

Milla sah die nach unten führende Treppe und den schmalen Durchgang an, der daran anschloss. Ebbitt blieb zögernd an der Gabelung stehen und kratzte sich am Kopf.

„Wie geht es von hier aus weiter?“, fragte Milla. „Denk sorgfältig nach, Ebbitt. Ich will nicht nach unten gehen, wenn ich eigentlich nach oben gehen sollte, oder links, wenn es nach rechts geht. Du hast beinahe Graile auf dem Gewissen!“

„Ein Versagen meinerseits“, seufzte Ebbitt. „Vielleicht könnte ich links und rechts unterscheiden, wenn ich verschiedenfarbige Bänder an beiden Armen tragen würde. Aber ich bin mir jetzt *absolut* sicher, wo wir uns befinden und wohin wir müssen. Obwohl ich befürchte, dass nur vier von uns per Dampf reisen können. Alle anderen werden diese Treppe zurück hinunter nach Ebene Rot Fünf nehmen müssen. Ich bin mir sicher, dass sie mittlerweile in Eiscarl-Händen ist.“

„Weshalb nur vier?“, wollte Milla wissen. „Und was bedeutet ‚per Dampf‘?“

„Nur vier passen in die Hülle“, sagte Ebbitt. „Die wird von Dampf in den ebenso benannten Steigrohren angetrieben. Obwohl die Rückflussrohre für das kondensierte Wasser nicht Fallrohre heißen, was eigentlich seltsam …“

„Passen in die Hülle? Was ist eine Hülle? So etwas wie diese Metalleimer?“

„Ganz und gar nicht“, gab Ebbitt zurück. „Eine Hülle ist etwas, in das man einen Brief steckt. Eine passende Hülle, dem Brief entsprechend. Eine offizielle Antwort zu einer Einladung zum Beispiel sollte in eine quadratische Hülle gesteckt werden, die entweder die Farbe deines Ordens trägt oder weiß ist, falls du etwas bescheidener erscheinen möchtest …“

„Ebbitt!“, unterbrach Milla seine Ausführungen. „Was ist das für eine Hülle, in der wir uns fortbewegen?“

„Oh, das ist eine Hülle aus Lichtmagie. Ohne sie würde uns der Dampf kochen. Ist eine meiner Erfindungen. Man könnte es auch eine Schutzhülle nennen oder eine zweite Haut oder einen Behälter oder ein Leichentuch, wobei das eher morbide klingt …“

Ebbitts Stimme verebbte zu einem unverständlichen Murmeln und er begann, an seinen Fingern aufzuzählen, wie er diese Hülle aus Lichtmagie noch nennen konnte, mit deren Hilfe er sich, von Dampf getrieben, fortbewegen konnte.

„Vielleicht sollten wir versuchen, einen anderen Weg zu finden", sagte Milla zu Saylsen und Malen. „Graile? Weißt du, was Ebbitt meint? Und wenn wir von hier aus zu Rot Fünf kommen, dann doch sicher auch zu den Violetten Ebenen, oder nicht?"

Graile war schon fast wieder eingeschlafen, doch sie öffnete die Augen, als Milla sie ansprach. „Ich weiß nicht genau, was Ebbitt meint, aber ich nehme an, dass er eine Methode erfunden hat, um sich durch das Heizungssystem des Schlosses zu bewegen. Das sind Dampfrohre, die Dampf durch das gesamte Schloss transportieren. Und ja, wenn man zu den Roten Ebenen kommt, führen von dort auch viele Wege zu den Violetten Ebenen."

„Aber nicht so schnell wie mit dem Dampf", unterbrach Ebbitt sie. „Man müsste sich Spanne um Spanne durch Orange, Gelb, Grün, Blau und Indigo kämpfen. Per Dampf wären wir innerhalb von Minuten auf Violett. Ach, soll's die Dunkelheit holen, ich bin beim Zählen durcheinander gekommen. Wo war ich? Ja, dreiundvierzig, einen Sack, vierundvierzig, ein Beutel …"

„Ich vermute, wir müssen es mit diesem Dampftransport versuchen", seufzte Milla. „Selbstverständlich werde ich gehen und Malen, du kommst am besten mit mir. Bleibt noch eine Person. Vielleicht Graile …"

Aber Graile war schon wieder eingeschlafen und lehnte an ihrem Geistschatten, der einen seiner dunklen Flügel über sie geschlagen hatte, als wäre sie ein Küken, das es zu beschützen galt.

„Nein", sagte Milla zu sich selbst. „Sie ist noch immer zu schwach."

„Ich werde mitkommen, Kriegsführerin", erklärte Saylsen. Aber Milla schüttelte den Kopf. Auch wenn die Schildmutter nichts sagte, so war sich Milla aufgrund ihrer etwas seltsamen Körperhaltung sicher, dass ihr die Hand des Lokomotors ein paar Rippen gebrochen hatte. Vielleicht hatte sie ihr sogar noch ernstere Verletzungen zugefügt.

„Nein. Ich brauche dich, damit du die anderen zurück zur Hauptstreitmacht führst und dort das Kommando übernimmst. Ich denke … Jarek."

„Kriegsführerin", begann Saylsen, doch Milla unterbrach sie mit einem Handzeichen.

„Wir werden der stärksten Lichtmagie gegenüberstehen", sagte sie. „Jarek kann ihr widerstehen, wie wir gesehen haben."

„Er ist ein Wilder, Kriegsführerin", sagte Saylsen warnend und überging einen weiteren Versuch Millas, ihr das Wort abzuschneiden. „Wenn ihn der Wahn überkommt, könntest du nicht in der Lage sein, ihn zu kontrollieren. Es wäre besser, wenn ich statt Jarek mitkomme."

Milla sah der Schildmutter in die Augen und versuchte, durch ihren Blick den Befehl zu bestärken. Aber könnte Saylsen Recht haben? Irgendjemand musste die anderen zurückführen und Milla war sich sicher, dass ihre Rippen verbunden werden mussten. Oder dass sie vielleicht sogar zu den Cronen in den Heiztunnels zur Behandlung gebracht werden musste.

„Ich habe gesprochen“, sagte sie schließlich. „Du wirst die anderen zurückführen. Ich werde Malen und Jarek mitnehmen.“

Einen Moment dachte Milla, Saylsen würde ihr widersprechen und sie überlegte sich, was sie dagegen unternehmen konnte. Dann senkte die Schildmutter die Augen und schlug ihre Fäuste zusammen.

„Wie es die Kriegsführerin wünscht“, sagte sie. „Wir werden uns beeilen und wir werden uns der Hauptstreitmacht anschließen. Wir werden uns so bald wie möglich auf den Violetten Ebenen wiedertreffen.“

„Malen?“, fragte Milla um sicherzugehen, dass die Crone – und alle anderen Cronen – nichts gegen den Plan einzuwenden hatten.

Malens Blick verschleierte sich einen Augenblick, als sie Kontakt aufnahm. Dann schüttelte sie enttäuscht den Kopf. Sie hatte sich verändert, seitdem sie einmal von dem kollektiven Bewusstsein der Cronen abgeschnitten gewesen war. Etwas von ihrer strahlenden Lebenskraft schien verschwunden zu sein.

„Du bist die Kriegsführerin“, sagte Malen knapp und schlug die Fäuste zusammen. „Mein Rat wird deine Entscheidung nicht in Frage stellen.“

„Jarek?“, fragte Milla mit erhobener Stimme. „Ich möchte, dass du mit mir kommst.“

Jarek schritt durch die Gruppe der Schildjungfrauen, wobei sein Kopf und seine Schultern alle überragten. Seine eigenartig blaue Haut leuchtete im Licht von Millas Sonnenstein.

Der Wilde hatte endlich seinen Wahn hinter sich gelassen. Er blieb vor Milla stehen, die er um einiges überragte, und schlug seine Fäuste zusammen. Er sagte nichts, sondern nickte nur sehr langsam, um ihr zu zeigen, dass er sie gehört hatte und ihr gehorchen wollte.

„Alles Gute für die Jagd“, sagte Saylsen und schlug noch einmal die Fäuste zusammen, bevor sie die übrigen Schildjungfrauen und Jäger die Treppen hinunterführte. Alle schlugen die Fäuste zusammen, als sie an Milla vorbeigingen und sie gab die Geste zurück. Die letzten beiden halfen Graile auf. Ihr Geistschatten flatterte hinter ihr her.

Graile gab Milla ein schwaches Licht von ihrem Sonnenstein.

„Möge das Licht dich beschützen“, sagte sie. „Wenn … wenn du Tal treffen solltest, sag ihm, dass meine Liebe, mein Vertrauen und meine Hoffnung mit ihm sind. Wir werden uns wiedersehen. Unter dem Schleier.“

„Das ist auch mein Wunsch“, sagte Milla. „Wir werden alles tun, um den Schleier zu retten.“

„Lebe wohl, Onkel“, fügte Graile noch hinzu, als sie die

Treppe hinunter ging. Doch Ebbitt hörte sie nicht. Er war in einer anderen Welt versunken, murmelte und zählte, bis Milla ihm auf die Schulter klopfte.

„Wir sind bereit“, sagte sie. „Bring uns zum Dampf und zu den Violetten Ebenen.“

• KAPITEL •
SECHZEHN

Dieses eine Mal war sich Ebbitt wirklich sicher, wo sie sich befanden. Er führte Milla und die anderen weiter den Gang entlang in einen kleinen Raum, der von einer einzelnen Metalltür beherrscht wurde. In der Mitte der Tür saß ein Drehrad.

„Wir sind da, wir sind da“, erklärte Ebbitt. „Kommt bitte alle näher zusammen, näher zusammen. Nein, noch näher bitte, blauer Meister. Odris, du musst nicht bei uns bleiben. Dampf kann Schatten nichts anhaben.“

Jarek schien nicht unangenehm berührt zu sein, dass Ebbitt ihn ‚blauer Meister‘ nannte. Das nahm Milla mit Erleichterung zur Kenntnis. Als sie alle näher gerückt waren und Schulter an Schulter standen, hob der alte Erwählte die Hand und der Sonnenstein-Ring an seinem Finger leuchtete plötzlich in purem indigofarbenen Licht auf.

„Eins, zwei um den blauen Meister“, sang Ebbitt, als er seine Hand in einer komplizierten Geste bewegte. Eine Spur aus blauem Licht zeichnete die Bewegung nach. „Drei, vier, jetzt ist es hier."

Milla sah interessiert zu, als Ebbitt das Licht benutzte wie ein Weber das Schiffchen. Er führte Lichtstränge zu einem festen Tuch zusammen, das sie alle vier umgab. Das Tuch breitete sich sogar unter ihren Füßen aus und war fertig, als Ebbitt es über ihren Köpfen zusammenführte.

„Geht mit mir und bleibt dicht zusammen", wies Ebbitt sie an. Er schlurfte langsam auf die Metalltür zu. Dann drückte er mit den Händen gegen das indigofarbene Licht, das sie umgab. Er dehnte es nach außen, ohne es zu durchstoßen, sodass er indigofarbene Lichthandschuhe hatte. Ebbitt drehte an dem Rad, öffnete aber die Tür nicht, sondern warf seinem Geistschatten einen Blick zu.

Dieser erwiderte den Blick und glitt langsam unter der Tür durch. Die bestand nicht aus goldenem Metall, wie Milla feststellte. Letzteres wäre für Geistschatten unpassierbar gewesen und unter der Tür gab es keinen Spalt. Die Tür bestand aus Eisen oder etwas ähnlichem.

Der katzenhafte Geistschatten war ein paar Minuten verschwunden. Ebbitt bewegte ungeduldig seine Füße und pfiff durch die Zähne. Schließlich schlüpfte der Geistschatten wieder unter der Tür hervor und nickte mit seinem großen, bemähnten Kopf.

Ebbitt öffnete die Tür. Dampf quoll hervor und hüllte sie vollständig ein. Die drei Eiscarls zuckten zusammen, doch der Dampf wurde von dem indigofarbenen Licht abgehalten und prallte ab, ohne sie zu verletzen.

Hinter der Tür sah Milla nur einen tiefen Schacht voller Dampf. Offensichtlich war dies eines der Steigrohre, die Ebbitt erwähnt hatte.

„Jetzt einer nach dem Anderen", sagte Ebbitt. „Ihr müsst keine Angst haben, dass wir fallen, denn wir haben einen ziemlich hübschen Boden unter den Füßen."

Er betrat den Schacht und die anderen gingen hinter ihm her. Einen Moment schien es so, als würden sie alle abstürzen, als würde das indigofarbene Licht entgegen Ebbitts Aussage unter ihren Füßen nachgeben. Doch Ebbitt hüpfte nur ein wenig auf und nieder und der Boden trug sowohl ihn als auch die nachfolgenden Eiscarls. Die beiden Geistschatten glitten an der Wand entlang und schlüpften dann langsam durch die Licht-Hülle, die Ebbitt und seine Begleiter umgab.

„Es kitzelt ein wenig", kicherte Odris, als sie sich neben Milla aufrichtete. „Kitzelndes Licht."

„Große Dampfwellen", murmelte Ebbitt, als er auf die andere Seite schlurfte und die Tür hinter ihnen schloss. Das indigofarbene Licht umgab noch immer seine Hände, als er gegen das Metall drückte. „Riesig große Wolken aus Dampf. So soll es sein."

Eine weitere Minute lang geschah … nichts.

„Gigantische Wolken", sagte Ebbitt hoffnungsvoll. „Superströmungen. Wirbelstürme. Hurrikane."

Noch immer geschah nichts.

„Was ist denn mit diesem dummen Dampfsystem nicht in Ordnung?“, rief Ebbitt. Er kniete sich nieder und legte ein Ohr an den Lichtboden. „Komm, Dampf! Komm!“

Milla öffnete gerade den Mund, um Ebbitt zu fragen, was er da tat, als eine gewaltige Kraft die Hülle traf. Alle Eiscarls wurden gegen Wände und Boden geschleudert, als sie mit einer Geschwindigkeit beschleunigt wurden, die sie sich nicht einmal vorstellen konnten. Sie hielten sich verzweifelt aneinander fest und versuchten, sich wieder aufzurichten, als die Hülle nach oben schoss.

„Dampf, glorreicher Dampf, nichts ist so weiß wie er“, sang Ebbitt. Dann begann er sehr laut zu zählen.

Es war sehr schwer, ihn bei dem Lärm zu verstehen, den die Hülle machte, als sie immer schneller und schneller und schneller wurden. Milla begann sich Sorgen zu machen, dass sie am oberen Ende des Schachtes mit etwas zusammenstoßen und in Stücke gerissen werden könnten – wie ein Eisschiff, das unter vollen Segeln gegen einen riesigen Felsen raste.

Als Ebbitt schließlich „Sechzig“ rief, packte er die Indigo-Wand vor sich so fest wie möglich und zog daran, um den Dampf, der sie trug, an der Hülle vorbei zu lassen. Im gleichen Augenblick versenkte sein Geistschatten die Klauen im Boden und griff durch das Licht, um seine Krallen in die Steinwand des Schachtes zu hauen. Mit einem furchtbaren, markerschütternden Kreischen hielt die Hülle an und alle ihre Insassen lagen auf dem Boden.

„Perfekt!", erklärte Ebbitt stolz, als er unter Milla und Malen hervorkroch. Er griff wieder zur Wand, die sich unter seiner Hand dehnte. Dort draußen war das Öffnungsrad einer weiteren Luke. „Violett Eins, wie versprochen."

„Haltet euch bereit!", befahl Milla scharf, als Ebbitt an dem Rad drehte. Sie hob ihre Hand und die Kralle begann, in einem harten, rot-goldenen Licht zu leuchten. Jarek nahm seine Kette vom Gürtel. Malen trat einen Schritt hinter die beiden.

Dampf drang hinaus, als sie aus dem Schacht in einen Vorraum mit einem angeschlossenen Korridor traten. Ebbitt schlug die Tür hinter ihnen zu, drehte an dem Rad und wartete ein paar Sekunden, bis er die schützende Hülle mit einem vielfarbigen Strahl aus seinem Sonnenstein auflöste.

Nirgendwo waren Erwählte oder Untervölkler zu sehen. Jarek ging zur Ecke und spähte vorsichtig hinaus. Dann gab er mit einem Seufzen zu verstehen, dass keine Feinde in Sicht waren.

„Genau hier", sagte Ebbitt. Er zeigte mit seiner rechten Hand nach links und benutzte dann seine linke Hand, um seine rechte festzuhalten und sie nach rechts zeigen zu lassen. „Hier entlang."

„Jarek, geh voraus", befahl Milla.

„Dieser Weg wird uns zur Großen Parade bringen", sagte

Ebbitt. „Von hier aus kommen wir bis zum Audienzsaal und Milla kann die Türen für uns öffnen."

Milla nickte. Sie fragte Ebbitt nicht, weshalb sie die Türen öffnen musste. Es war besser, nicht zu fragen. Vielleicht hätte er dann gewollt, dass sie den Boden wischte.

• KAPITEL • SIEBZEHN

„Ein *blaues* Monster“, fügte Adras hinzu.

Tal und Crow verschanzten sich hinter den Leichen, während Adras an die Wand glitt. Sie sahen, wie ein riesiger Mann vorsichtig um die Biegung der Großen Parade kam. Er war tiefblau, hatte schimmernde, metallene Beine und trug etwas in der Hand, das wie eine Kette aussah.

„Was ist das?“, fragte Tal.

Crow stand auf. Er schien irgendwie nervös zu sein.

„Jarek!“, rief er. „Wir sind Freunde!“

„Was machst du?“, zischte Tal. Einen Moment überkam ihn Panik. Jetzt würde Crow ihn verraten. Er musste etwas unternehmen, bevor …

Jemand anderes kam hinter dem blauen Mann um die Ecke. Tal erkannte die Gestalt und zuckte zusammen. Er hatte sofort alle Gedanken an Crow und seinen möglichen Verrat vergessen. Dieses weißblonde Haar würde er überall wiedererkennen, auch wenn es jetzt unter etwas versteckt war, das wie eine Krone aussah. Er nahm an, dass das zu einer Kriegsführerin der Eiscarls gehörte.

Er wollte gerade aufstehen und „Milla!" rufen, als ein Schatten an ihm vorbeiwischte. Er bellte wie Donner und hatte die Arme weit ausgebreitet.

„Odris!"

Dieser Schrei wurde von dem Ruf „Adras!" erwidert und ein ähnlicher Schatten sprang hinter Milla in die Luft. Die beiden trafen sich mit einem Donnerschlag in der Mitte, der den Spiegel auf dem Boden noch einmal erschütterte. Das Zusammentreffen der Sturmhirten war so heftig, dass Tal und Milla zusammenzuckten.

Danach „Milla!" zu rufen, erschien Tal überflüssig. Stattdessen stand Tal langsam auf und ging nach vorn. Ein eigenartiges Gefühl der Nervosität überkam ihn. Er hatte Milla nicht mehr gesehen, seitdem sie sich auf den Untervolk-Ebenen getrennt hatten – er, um noch einmal auf den Roten Turm zu klettern und sie, um sich dem Eis zu überlassen. Furchtbar viel war seither geschehen. Für beide, so schien es.

Es machte alles noch komplizierter, dass Tal jetzt feststellen musste, dass er noch nie sicher gewesen war, ob sie eigentlich Freunde waren oder nicht. Sie waren zwar Kameraden in der Not gewesen, hatten aber auch schon gegeneinander gekämpft und sich gegenseitig viel Schwierigkeiten bereitet. Was konnte jetzt noch geschehen? Vielleicht wollte Milla ihn noch immer töten, so wie beim ersten Mal, als sie einander getroffen hatten …

Milla hatte ähnliche Gedanken, als sie Tal näher kommen sah. Sie war sich ihrer Gefühle ebenfalls nicht sicher. Sie war wie immer bei seinem Anblick irritiert, doch gleichzeitig auch erleichtert, ihn lebend und nach dem Aufenthalt im Saal der Albträume unbeschadet zu sehen.

Sie trafen sich in der Mitte des Korridors. Die beiden Geistschatten, die sich noch immer vergnügt gegenseitig über den Gang jagten, ignorierten sie.

„Milla", sagte Tal und blieb stehen.

„Tal", gab Milla zurück.

Dann senkte sich ein schweres Schweigen über die beiden, bis sie schließlich gleichzeitig zu sprechen begannen.

„Ich bin froh, dass du lebst", sagte Tal.

„Ich habe deine Mutter kennen gelernt", sagte Milla.

„Meine Mutter! Geht es ihr gut? Ich war mir nicht sicher, ob das Gegengift …"

„Sie ist schwach, aber es geht ihr gut und sie ist unter unserem Schutz auf den besetzten Ebenen. Sie sagt, dass sie dich liebt und weiß, dass du tun wirst, was getan werden muss."

„Sushin hat den Violetten Schlüsselstein – meine Hälfte davon, meine ich", sagte Tal schnell. Es schien einfacher zu sein, darüber als über etwas Persönliches zu reden. „Er wird ihn benutzen, um den Schleier zu zerstören. Wir müssen ihn aufhalten."

„Das ist uns bekannt", sagte Milla in dem betont ruhigen, überzeugten Tonfall, der ihn immer so gestört hatte. „Deshalb sind wir hier. Wo ist Sushin?"

„Äh, das weiß ich nicht", gab Tal unbehaglich zurück. „Wir sind gerade erst hier angekommen. Aber er hat den Audienzsaal geöffnet und ist vielleicht schon im Violetten Turm, deshalb müssen wir uns beeilen."

„Warum stehen wir dann hier herum und reden?", fragte Milla gereizt. Sie drehte sich um und rief: „Beeilung!".

Der gewaltige blaue Mann, der hinter ihr gestanden hatte, sah Tal mit einem Blick an, der ihn ängstigte und erschauern ließ. In diesem Blick lag ein verborgener Wahn und Tal wusste, dass dieser Wahn jederzeit ausbrechen konnte.

„Du musst Jarek sein", sagte er schwach und schlug die Fäuste zusammen. „Ich bin Tal. Ich bin ... so eine Art Ehren-Far-Raider ..."

Jarek erwiderte den Gruß nicht, sondern folgte Milla.

Tal wollte ihnen ebenfalls folgen, als er Ebbitt und eine weitere Eiscarl-Frau sah. Sie war jung und musste so etwas wie eine Crone in der Ausbildung sein. Sie trug die Robe einer Crone, obwohl sie auffallend hellblaue Augen hatte.

„Großonkel Ebbitt!", rief Tal und lief zu ihm hinüber. Er umarmte den alten Mann impulsiv. „Ich bin so froh, dass ich dich nicht getötet habe!"

„Dann lass los", gab Ebbitt zurück. „Bevor du mich erwürgst und deine misslungene Tat vollendest."

Tal lachte und ließ ihn los. Mit einem Mal fühlte er sich unglaublich viel besser. Ebbitt und Milla bei sich zu haben, erhöhte die Chancen bei einem Kampf gegen Sushin ungemein.

„Das ist die Crone Malen“, sagte Ebbitt. „Sehr interessante Person. Könnte dir ein oder zwei Dinge beibringen.“

„Äh, dessen bin ich mir s… sicher“, stammelte Tal. Er schlug seine Fäuste auch vor ihr noch einmal zusammen und anders als Jarek erwiderte sie den Gruß.

„Ich weiß eine Menge über dich“, sagte Malen kühl.

„Von Milla?“, fragte Tal.

„Nein“, gab Malen zurück. „Die Kriegsführerin hat keine Zeit, Geschichten zu erzählen. Ich bin gemeinsam mit den anderen Cronen durch ihre Gedanken gewandert. Ich habe ihre Erinnerungen gesehen, habe Aenir und dich durch ihre Augen gesehen.“

„Oh, schön“, sagte Tal unsicher, als er daran dachte, wie er wohl in Millas Erinnerung ausgesehen hatte. Nicht allzu gut, vermutete er.

„Ebbitt, Sushin hat den Violetten Schlüsselstein“, sagte Tal, als sie hinter Milla her eilten. „Die Imperatorin und der Helle Vizier sind tot und sie haben mir noch erzählt, dass Sushin eine Schattenpuppe von Sharrakor ist …“

„Schattenpuppe? Schattenpuppe?“, brach es aus Ebbitt hervor. „Das haben sie gesagt?“

„Ja“, antwortete Tal. Er war überrascht von der Heftigkeit der Reaktion des alten Mannes. „Was bedeutet das?“

„Keine Ahnung", gab Ebbitt zurück. „Aber es klingt übel."

„Hallo Tal."

„Oh, hallo Odris", erwiderte Tal und winkte dem Geistschatten über ihm zu.

„Adras sagt, dass du mit ihm nach Aenir gegangen bist, ihn in einen komischen Anzug gesteckt hast und dass er von einem Ding gefressen wurde und nach eurer Rückkehr in eine Kiste gesperrt war und dass er danach durch ein stinkendes Rohr klettern musste", sagte Odris streng. „Du solltest etwas umsichtiger mit ihm sein. Er hat eine schwache Konstitution."

„Ich werde mehr Acht geben", sagte Tal nebenher. Irgendwie verlief diese Wiedervereinigung nicht so, wie er sich das vorgestellt hatte. „Ebbitt, weißt du, wie man in den Violetten Turm gelangt?"

„Ich habe eine oder zwei Ideen", gab Ebbitt zurück. Er sah nach unten und schob seine kristallene Brustplatte weg. Es war eine seltsame Geste, von der Tal annahm, dass sie ein Ausdruck von Bescheidenheit sein sollte. Aber vielleicht war es auch nur ein neuer Tick.

„Lokar ist übrigens frei", fuhr Tal voller Ernst fort. „Sie versucht, den Roten Schlüsselstein wieder an Ort und Stelle zu bringen. Sie sagte, das könnte den Schleier noch eine Weile aufrecht halten, auch wenn der Violette Schlüsselstein geöffnet wurde."

„Lokar, die Wächterin des Roten Schlüsselsteins?", fragte

Ebbitt und hob eine seiner grauen Augenbrauen. „Lokar! Wer wird ihnen als Nächstes einfallen?"

„Aber das wusstest du doch", sagte Tal. „Sie ist die Kusine von Lektor Jarnil ..."

Seine Stimme verstummte, als sie die Türen erreichten und er zum ersten Mal den Raum dahinter betrat.

Den Audienzsaal. Den riesigen Saal, so groß oder noch größer als die Hohe Rote Zusammenkunft, die er von der farblosen Mittelsektion des Schlosses zwischen Gelb und Grün kannte.

Der Audienzsaal hatte eine hohe Kuppeldecke, an deren Rand tausende hell strahlende Sonnensteine angebracht waren, deren höchster Punkt aber dunkel war. Der Boden war mit Fliesen in allen sieben Farben des Spektrums ausgelegt. Jede achte Fliese war ein Spiegel, der das Licht der Sonnensteine am Rand der Kuppel reflektierte. Überall schillerte und blitzte das Licht, sodass es sehr schwer war, in dem riesigen Saal überhaupt etwas zu sehen.

Tal schützte seine Augen mit einem Arm. Er konnte Milla, Jarek und Crow vor sich sehen, und in der Mitte des Saales stand eine undefinierbare Konstruktion, doch das war alles. Er sah weder Sushin noch Türen, Treppen oder andere Ausgänge oder Eingänge. Ein Weg von hier zum Violetten Turm war nicht erkennbar.

„Los", sagte Ebbitt, der Tals fragendes Gesicht gesehen hatte. „Die Antwort ist im Thron verborgen."

• KAPITEL • ACHTZEHN

In der Mitte des Audienzsaals stand der Imperiale Thron der Erwählten. Er war aus einem einzelnen Regenbogen-Kristall geschnitzt, reich mit Ornamenten verziert und breit genug für drei Leute. Die fingerdünne Lehne ragte zehn Spannen vom Sitz nach oben. Licht schien durch diese Lehne, als wäre sie eine dicke Scheibe aus wunderschönem mehrfarbigen Glas.

Ein Ring aus Sonnensteinen war im Boden um den Thron eingelegt – große, violette Sonnensteine mit goldenen Einfassungen.

„Wie lautet die Antwort?“, fragte Tal, als alle dastanden und den Thron ansahen. Er warf einen misstrauischen Blick auf den Ring aus Sonnensteinen. Sie waren zu groß und zu kunstvoll platziert, um einfach nur dekorativ zu sein. Möglicherweise hatten sie eine Funktion, vielleicht sollten sie etwas abwehren. Vielleicht konnten sie Hitze oder Flammen oder etwas ähnlich Gefährliches ausstrahlen.

„Der Weg zum Violetten Turm", sagte Ebbitt, „führt über diesen Thron. Aber nur der Träger des Violetten Schlüsselsteins darf ihn gehen."

Tal sah Milla an. Er schämte sich, denn sie hätte ihre Hälfte des Schlüsselsteins niemals an Sushin verloren. Wahrscheinlich verachtete sie ihn, weil er dem Feind ein solch wichtiges Objekt in die Hände hatte fallen lassen.

Milla sah ihm in die Augen. Dann zog sie den Sonnenstein-Ring von ihrem Finger und warf ihn ihm zu.

Er fing ihn reflexartig auf und war überraschter als je zuvor in seinem Leben.

„Milla!", rief Malen. „Was tust du?"

„Ich gebe dem Imperator der Erwählten seinen Schlüsselstein zurück", sagte Milla ruhig. „Aber ich hätte dafür gern deinen Sonnenstein, Tal."

Tal warf ihr wortlos den Sonnenstein zu, den er Fashnek abgenommen hatte. Dann steckte er sich den halben Schlüsselstein an den Finger. Er flammte plötzlich violett auf – ein Licht, das von dem Ring aus Steinen im Boden erwidert wurde.

„Hol ihn zurück", sagte Malen mit kalter Stimme. Tal sah, dass ihr Blick verschleiert war. Sie kommunizierte mit den anderen Cronen. „Der Stein gehört jetzt den Eiscarls. Hol ihn zurück, Kriegsführerin."

Jarek grunzte und ging auf Tal zu, doch er blieb stehen, als Milla ihre Hand hob.

„Ich weiß nicht, wie man seine Kräfte richtig benutzt",

sagte sie. Sie sprach damit nicht zu der Crone vor ihr, sondern zu allen Cronen. „Tal hat diese Macht und das Recht darauf. Was ist wichtiger? Streit zwischen den Eiscarls und den Erwählten oder den Schleier zu retten?“

Malen schwieg. Tal wusste nicht, was jetzt geschah, Milla hingegen schon. Die Cronen diskutierten untereinander und mussten abstimmen.

„Inwiefern hat der Thron mit dem Weg zum Violetten Turm zu tun?“, fragte Tal Ebbitt flüsternd, als die Stille andauerte.

Der alte Mann zuckte mit den Schultern. Tal bemerkte, dass Ebbitt Jarek beobachtete.

„Setz dich auf den Thron und wir werden es herausfinden“, flüsterte Ebbitt.

Malen hustete. Alle standen absolut regungslos da. Jareks Kette glitt langsam durch seine Hand, Glied um klackendes Glied.

„So sei es denn, Kriegsführerin“, sagte Malen mit der seltsamen Stimme der versammelten Cronen. Die Worte hallten durch den Saal. „Wir werden einmal mehr deinem Rat folgen. Wir haben einen guten Entschluss gefasst.“

Die Cronen gratulieren sich selbst dafür, dass sie nachgegeben haben, dachte Milla.

„Danke“, sagte Tal zu Milla. „Ebbitt meint, ich sollte auf den Thron steigen.“

„Wir sollten alle darauf sitzen“, sagte Ebbitt. Er sah zu den

Sonnensteinen auf dem Boden und dann hinauf in die hohe Kuppel. „Tal, du zuerst."

Auch Tal warf einen Blick auf die Sonnensteine im Boden und erinnerte sich wieder daran, was er zuerst gedacht hatte. Um etwas Sicherheit zu gewinnen, rief er noch einmal das Violett und ließ es um sich schimmern. Dann trat er über den Ring.

Die Steine im Boden glimmten, aber weiter geschah nichts. Ebbitt und die anderen folgten Tal.

Der Thron war kalt und hart. Ein staubiges Kissen lag auf dem Sitz. Er war längst nicht mehr so komfortabel, wie er sicher einst einmal gewesen war, und Tal musste jedes Mal niesen, wenn er sich nur leicht bewegte.

Ebbitt kam hoch und setzte sich zu seiner Linken. Milla setzte sich rechts neben ihn. Crow zwängte sich neben Ebbitt und Malen neben Milla. Jarek kniete sich vor Malen und Milla und sah Tal drohend an. Ebbitts bemähnte Katze legte sich vor den Thron zu ihren Füßen. Adras und Odris schwebten hoch und hängten sich an beide Seiten der Thronlehne. Dort wirkten sie wie seltsame, ritterliche Gefolgsleute.

„Ein bisschen voll hier", merkte Tal an. „Was soll ich jetzt tun?"

Niemand gab Antwort.

„Großonkel Ebbitt? Was soll ich jetzt tun?"

„Du bist doch der Imperator", blaffte Ebbitt. „Woher soll ich das wissen? Mach etwas Imperiales, du Idiot."

Tal verschluckte eine übereilte Antwort. Wenn er wirklich

der Imperator war, verdiente er wahrhaft eine andere Anrede als ‚du Idiot'. Wobei natürlich wenig Hoffnung bestand, dass Ebbitt ihn anders anreden würde.

Und doch war der Vorschlag gut, wie auch immer er ihm unterbreitet worden war. Tal hob die Hand, erzeugte noch mehr Violett und sandte einen Strahl davon geradewegs auf die Steine im Boden.

Diese antworteten sofort, indem sie so hell aufleuchteten, dass alle ihre Augen schützen mussten. Im gleichen Augenblick leuchteten die Sonnensteine am Rand der Kuppel heller und violette Lichtstrahlen schossen herunter. Hunderte einzelner Strahlen aus allein Teilen des Randes verbanden sich mit dem Ring aus Steinen um den Thron.

„Gut gemacht", erklärte Ebbitt.

„Sieht hübsch aus", sagte Tal voller Zweifel und sah, wie der Staub durch die violetten Strahlen aufstieg. „Aber es scheint nichts zu passieren."

„Abgesehen davon, dass wir nach oben steigen, meinst du sicher?", fragte Milla.

Tal sah sie an und dann zurück auf den Boden. Wie immer hatte sie Recht. Der Thron und der Ring aus Steinen stieg langsam nach oben in die Kuppel, anscheinend getragen von den hunderten von Strahlen aus den Sonnensteinen im Rand der Kuppel. Sie befanden sich bereits gute hundert Spannen in der Luft.

„Ja", sagte er müde. „Abgesehen davon."

„Und die Kuppel öffnet sich an der höchsten Stelle", fügte Crow hinzu. „Das ist doch schon etwas. Wahrscheinlich kommen wir so auf das unterste Geschoss des Violetten Turmes."

„Sicher", sagte Tal. Er versuchte, zuversichtlich zu klingen. „Aber Sushin hat dort wahrscheinlich eine Falle zurückgelassen oder er ist selbst noch immer dort. Wir müssen vorsichtig sein."

Lautlos und langsam stieg der Thron nach oben. Tal versuchte, nicht daran zu denken, was geschehen würde, wenn die Lichtmagie auf halber Strecke versagte. Odris und Adras mochten vielleicht schnell genug sein, um ihn und Milla zu retten, aber die anderen würden in den Tod stürzen. Sie waren bereits hundert ... nein, hundertfünfzig Spannen hoch in der Luft. Noch hundert weitere Spannen lagen vor ihnen und ein harter Boden unter ihnen.

Doch die Magie versagte nicht. Der Thron stieg durch die kreisrunde Öffnung in der Kuppel und gelangte in einen weiteren, viel kleineren Raum. Dieser Raum war vollkommen leer und in der Decke gab es weniger Sonnensteine. Eine breite Treppe aus einem blassgrünen, auf Hochglanz polierten Stein schwang sich in einer Ecke nach oben.

„Willkommen im Siebten Turm", sagte Tal, als sie vom Thron stiegen und auf die Treppe zugingen.

Seine Stimme klang seltsam und irgendwie düster, sogar in seinen eigenen Ohren. Er wünschte, er hätte geschwiegen.

KAPITEL NEUNZEHN

Als Tal den Kreis aus Sonnensteinen verlassen hatte, begann der Thron wieder hinunter in den Audienzsaal zu sinken. Ebbitt musste jetzt abspringen. Dabei half ihm sein Geistschatten, der ihn wie ein Kätzchen am Kragen hielt.

Von Sushin oder einer Falle war nichts zu sehen. Dennoch gab Milla Jarek ein Zeichen, er möge auf der grünen Steintreppe vorangehen. Er war nicht nur zäh genug, um eventueller Lichtmagie zu widerstehen, sondern auch ein erfahrener Jäger, der jeden Hinterhalt aufspüren würde.

Die Treppe führte auf eine weitere Ebenen und in einen Raum, der wiederum leer war. Doch die Treppe hörte hier auf und es gab vier Türen, durch die sie weitergehen konnten. Tal erkannte, dass alle Türen aus goldenem Metall bestanden und die Steinwände mit einem engmaschigen goldenen Netz überzogen waren. Hier konnten keine Geistschatten durch die Wände und Türen gelangen.

„Hol's die Dunkelheit!", fluchte Tal. Sie konnten sich keine Verzögerung leisten, indem sie einen falschen Weg einschlugen. „Das hat uns gerade noch gefehlt. Welche Tür sollen wir nehmen?"

„Wir folgen einfach Sushin", sagte Ebbitt. „Erste Lektion in Spurensuche, mein Junge."

Tal sah den Stein unter seinen Füßen an und stampfte entnervt auf. Wie erwartet, hinterließ nicht einmal dieses Stampfen Spuren auf dem Boden. Es würde also keine Spuren geben, denen man folgen konnte.

Zumindest dachte er das, bis er Jarek an einer der Türen sah. Der Wilde leckte einen Finger ab und strich damit über den Spalt zwischen Tür und Wand, bevor er das Ergebnis begutachtete. Dann beschnüffelte er den Bereich um den Türgriff, der aus violettem Kristall und goldenen Metall bestand. Das wiederholte er an allen vier Türen, lief zwischen ihnen hin und her und zeigte schließlich auf die Tür an der Ostseite des Raumes.

„Was?", fragte Tal. „Wie kann er das wissen?"

„Staub", gab Milla zurück. „Oder kein Staub. Außerdem hinterlässt eine Hand auf Metall Schweiß. Los."

„Aber das kann er doch nicht gerochen haben", sagte Tal. „Oder doch?"

Milla gab keine Antwort. Sie lief auf die Tür zu und stellte sich mit bereit gehaltener Kralle seitlich daneben, Adras neben sich.

Jarek fasste den Türgriff an. Er bewegte sich nicht. Auch nicht, als der riesige Eiscarl seine ganze Kraft einsetzte.

„Der Schlüsselstein!“, stieß Ebbitt hervor. „Benutze deinen Kopf, Tal. Wir können hier nicht herumstehen und darauf warten, dass du von selbst drauf kommst!“

Tal lief rot an und hob den Schlüsselstein. Er richtete einen Lichtstrahl auf den Türgriff. Der Strahl wurde zurückgeworfen und plötzlich drehte sich der Griff in Jareks Hand und die Tür ging auf.

Der Wilde sprang hindurch und zog im Laufen seine Kette. Milla folgte ihm mit ausgefahrener Kralle. Hinter ihr kamen die Geistschatten, Tal und Crow. Ebbitt und Malen folgten als Letzte.

Alle erwarteten eine Falle oder einen Feind, zurückgelassen von Sushin. Doch sie hatten nicht damit gerechnet, ein gigantisches Insekt zu sehen, eine furchtbare Kreatur mit einem dünnen Körper von mindestens fünfzig Spannen Länge mit hunderten vielgliedriger Beine, zwei riesigen Facettenaugen und gezackten Kieferzangen länger als Jarek.

In allen Sonnensteinen flammte Licht auf, die Kralle verlängerte sich zu einer Peitsche aus Licht und Jarek ließ seine Kette über dem Kopf kreisen.

Dann hielten alle inne. Das Licht verblasste. Milla ließ ihre Hand sinken, Jareks Kette verlangsamte ihr Furcht erregendes Wirbeln und bremste schließlich so hart an seiner Seite ab, dass sie jeden anderen schwer verletzt hätte.

Das gigantische Insekt war tot. Oder hatte noch nie gelebt. Als sie näher herangingen, sah Tal, dass es sich eigentlich um eine Art Maschine handelte. Sie bestand aus einem Material, das dem goldenen Metall ähnelte, dieses hatte allerdings einen grünlichen Schimmer. Die großen Facettenaugen bestanden in Wirklichkeit aus hunderten von Sonnensteinen. Erloschenen Sonnensteinen.

Hoch oben auf dem Rücken des Insekts, hinter dem Kopf mit den furchtbaren Kieferzangen, war ein Sattel angebracht und die beiden Beine neben dem Sattel hatten glatte Borsten, die man wie die Sprossen einer Leiter benutzen konnte. Alle anderen Beine hatten an der gleichen Stelle rasiermesserartige Auswüchse.

„Eine Kriegsbestie", sagte Milla voller Staunen. Dieses Ding würde ein furchtbarer Gegner sein. Es war flach genug, um überall hindurchzukommen, wo ein Mensch aufrecht stehen konnte, aber die Kiefer konnten einen Krieger entzweihacken – die Beine hingegen konnten hunderte von Feinden in Stücke schneiden.

„Ein Wurmgeher", sagte Ebbitt. „Faszinierend. Ich dachte immer, sie wären nur eine Erfindung."

„Sie?", fragte Crow. „Es gibt noch mehr davon?"

„Den Geschichten nach mindestens eine Hand voll", sagte Ebbitt glückselig. Er holte ein Maßband aus einer seiner vielen Taschen hervor und legte es zwischen den Kiefern des Wurmgehers an.

„Nicht jetzt, Großonkel Ebbitt“, sagte Tal bestimmt und nahm den alten Mann am Ellbogen. „Wir haben es eilig, schon vergessen?“

Sie gingen schnell an dem Wurmgeher vorbei, wobei sie Acht gaben, sich von den scharfen Beinen fern zu halten. Die Insektenmaschine stand in einem halbrunden Korridor und als sie um die Biegung kamen, sahen sie dahinter noch eine dieser Kriegsmaschinen stehen. Doch dieser zweite Wurmgeher stand in einer anderen Position. Sein Kopf und Teile des Körpers waren aufgerichtet, so als würde er gerade einen Feind angreifen.

Die Maschine war ebenso leb- und bewegungslos wie die erste, aber alle außer Jarek verlangsamten ihr Tempo. Doch selbst er ging vorsichtig um den Kopf herum und hielt seine Kette bereit.

„Wie viele Sonnensteine braucht man wohl für eine dieser Maschinen?“, fragte Tal im Vorbeigehen. Vor ihnen war noch ein weiterer Wurmgeher, auch dieser in einer Angriffshaltung aufgerichtet.

Ebbitt sah etwas unter seiner Brustplatte an und antwortete geistesabwesend.

„Siebenhundert Steine mit mindestens Stärke achtzig und voller Funktionalität für jedes Auge. Sie wurden seit Ramellans Zeit und den Schattenkriegen nicht mehr eingesetzt.“

Sein Geistschatten musste ihn von den Beinen des Wurmgehers wegdrängen, während er sprach. Spätestens jetzt war klar, dass er von etwas ablas, das er unter der Robe an seiner Brust verbarg. Es war nicht nur eine eigenartige neue Angewohnheit, die er angenommen hatte, um Tal zu ärgern.

Tal konnte sich gut vorstellen, was Ebbitt dort versteckt hatte, obwohl er sich nicht darüber im Klaren war, wie der alte Mann es trug, denn es wog so viel wie er selbst.

Ebbitt bemerkte Tals Stirnrunzeln, sah wieder in seine Robe und hustete.

„Ich wollte es dir sagen", sagte er. „Aber ich habe es immer wieder vergessen."

„Ich dachte, er kann sein Gewicht nicht verändern", beschwerte Tal sich. „Ich habe mir schon einmal den Arm an ihm ausgekugelt!"

„Er kann ein paar Änderungen an sich selbst vornehmen", sagte Ebbitt. „Man muss ihn nur richtig fragen. Glücklicherweise konnte ich ein paar der Formulierungen recherchieren, mit denen man ihn zum Gehorsam bringen kann. Leider nicht alle und er ist ein wenig störrisch, wenn es um … wenn es um …"

„Milla!", rief Tal, denn Ebbitt und er waren etwas zurückgefallen. „Ebbitt hat den Kodex!"

Milla drehte sich um, während Jarek an ihr vorüber ging. Als der Wilde auf den dritten Wurmgeher zulief, sah Milla ein plötzliches Aufblitzen in den Augen der Maschine – ein Aufblitzen, dass sich so schnell wie Feuer auf einer Ölpfütze ausbreitete.

• KAPITEL • ZWANZIG

„Pass auf!“, schrie Tal, doch der Wurmgeher schlug zu, kaum dass er die Worte ausgesprochen hatte. Die Kieferzangen schnappten nach Jarek und packten den Wilden an der Hüfte. Er ließ seine Kette fallen, griff mit seinen mächtigen Armen nach den Kiefern der Bestie und versuchte, sie auseinander zu drücken. Die Hand eines anderen hätte es sofort durchschnitten, nicht aber die von Jarek. Seine Haut widerstand den gezackten Kieferzangen des mechanischen Insekts. Aber trotz seiner Kraft war es klar, dass der Eiscarl bald zerquetscht werden würde.

Tal hob sofort seinen Sonnenstein und feuerte einen Roten Strahl der Zerstörung ab. Doch der wurde von den Sonnensteinen im Auge des Wurmgehers absorbiert. Adras und Odris flogen nach vorn, doch als sie versuchten, nach den grünen Kiefern zu greifen, um Jarek zu helfen, wurden sie von dem grünen Schimmer auf der Oberfläche des Metalls, die jetzt Funken schlug, abgeschmettert – auch dies ein von Sonnensteinen erzielter Effekt.

Auch Milla griff an. Sie schlug mit dem Lichtseil nach dem Kopf des Wurmgehers. Doch so wie die Geistschatten das Metall nicht berühren konnten, prallte auch die Peitsche wirkungslos ab.

Crow warf ein Messer auf eines der Augen und sah erleichtert, dass ein paar Sonnensteine abfielen. Jedoch nicht genug, um etwas zu bewirken.

Jarek brüllte, die Geistschatten donnerten und brüllten, Milla stieß einen Kampfesschrei aus und Ebbitt sagte etwas zu Tal, als der einen weiteren Roten Strahl abfeuerte. Dieses Mal zielte er auf die vorderen Beine der Maschine.

„Was?", rief Tal. Ebbitt hüpfte neben ihm auf und ab und murmelte vor sich hin, während er versuchte, etwas von dem Kodex abzulesen, den er unter seiner Brustplatte trug.

„Die Oberseite seines Kopfes!", rief Ebbitt. „Vor … vor dem Sattel. Du musst ihm das … äh … Hirn rausziehen!"

Tal sah den Wurmgeher an, der Jarek hin und her schüttelte und dabei seinen langen Körper wild im Korridor wand. Milla tanzte vor dem Ungetüm umher und peitschte mit dem Lichtseil aus ihrer Kralle vor den Facettenaugen in die Luft. Alle vier oder fünf Schläge gab einer der Sonnensteine nach und explodierte, doch es waren zu viele, als dass diese Taktik wirken konnte.

„Vor dem Sattel?", fragte Tal schnell.

„Ja!“

Tal beobachtete die Bewegungen des Wurmgehers und rannte los. Im Laufen rief er zu Adras: „Adras! Wirf mich auf den Kopf dieses Dings!“

Adras drehte sich bei dem Ruf um, schien aber nichts zu verstehen. Tal hatte kurz das Bild des Geistschattens vor Augen, wie er einfach zur Seite schwebte und ihn unter den Wurmgeher und in den Wald seiner rasiermesserscharfen Beine laufen ließ.

„Wirf mich!“, brüllte er. „Auf den Kopf dieses Ungetüms!“

Endlich begriff der Geistschatten. Er bildete eine Trage mit seinen Händen, kurz bevor Tal ihn erreichte. Der Erwählte Junge sprang, landete kurz auf Adras’ Händen und wurde über die Kieferzangen und den noch immer kämpfenden Jarek hinweg in die Luft getragen.

Er kam auf dem Kopf des Wurmgehers auf und rutschte sofort ab – auf die falsche Seite in Richtung der scharfen Beine. Doch der Sattel war nur eine Handbreit entfernt und Tal schaffte es irgendwie, sich weit auszustrecken und bekam den Sattel zu fassen.

Einen Augenblick später hatte er sich schon umgedreht und saß im Sattel. Er hielt sich verzweifelt fest, als der Wurm sich bog, drehte und schüttelte, um Tal abzuwerfen.

Tal hielt sich mit einer Hand an einem Ring vorn am Sattel fest und krallte die andere an einem runden Deckel im Kopf der Maschine fest, an dem Ort, an dem er deren Gehirn vermutete. Er brach sich alle Fingernägel ab, schaffte es jedoch, den Deckel zu öffnen. Unter dem Deckel sah er einen einzelnen Sonnenstein auf einem Kristallzylinder oder einer Röhre, gefüllt mit einer grünen, pulsierenden Flüssigkeit.

Tal zwängte seine Finger hinein und versuchte, den Zylinder herauszuziehen. Doch er bekam ihn nicht zu fassen und fiel beinahe vom Sattel, als der Wurmgeher seine Anstrengungen verdoppelte, ihn abzuwerfen. Die Maschine bewegte sich auf und nieder und warf sich gegen die Decke, sodass Tal sich im Sattel ducken musste, um nicht zerquetscht zu werden.

„Ma… das imp…!“, rief Ebbitt. Seine Stimme war gerade noch über den Lärm zu hören. Es dauerte eine Sekunde, bis Tal es in „Mach etwas, das imperial wirkt!“ übersetzen konnte.

Tal zog eine wütende Grimasse, konzentrierte sich und feuerte einen Strahl aus purem Violett auf den Sonnenstein auf dem Zylinder ab. Der Stein antwortete mit einem Blitz und der Zylinder schnappte halb aus dem Fach. Tal griff danach, zog ihn vollends heraus und warf ihn seitlich an der Maschine hinunter.

Er fiel beinahe selbst hinunter, als der Wurmgeher mitten in der Bewegung erstarrte. Tals Hand, die schon von der Kletterpartie im Slopschacht wund war, brannte und blutete wieder und er hatte das mittlerweile vertraute Gefühl, dass seine Schulter beinahe ausgekugelt war.

Als er hinuntergeklettert war, sah er, wie Ebbitt die lange Kristallröhre untersuchte. Sie war voller grüner Klumpen aus einer abscheulich aussehenden Masse, die wiederum in etwas wie kochendem Öl schwebte – wobei es sicherlich kein Öl war.

„Gut gemacht", sagte Ebbitt und schob die Röhre in seinen Gürtel. „Sehr umsichtig von dir, mir eines von diesen Dingern zu beschaffen."

Tal schüttelte den Kopf. „Ich hoffe, dass nicht noch mehr Wurmgeher auf uns lauern", sagte er. „Ebbitt, kannst du den Kodex bitte fragen, wo Sushin steckt? Es muss ihn doch viel Zeit gekostet haben, dieses Ding wieder in Gang zu bringen, er kann eigentlich nicht weit weg sein."

Ebbitt nickte, was für Tal ein Ja deutete, und er ging gebückt unter den Kopf des Wurmgehers, wo Milla, Crow und Malen schweigend um Jareks leblosen Körper standen.

Ein einziger Blick genügte und Tal wusste, dass Jareks Kraft in den letzten Sekunden des Kampfes versagt hatte und die Kieferzangen sich geschlossen hatten.

„Der Wahn kam nicht über ihn", sagte Milla.

„Er wollte nicht mehr leben, nachdem Kirr getötet wurde", sagte Malen. „So ist es bei allen Wilden. Der Wahn verlässt sie erst, wenn sie ihn nicht mehr brauchen."

„Ich war zu langsam", sagte Tal. Er wandte sich ab. „Wieder zu langsam …"

„Du hast gut gekämpft", sagte Milla zu Tal. „Beinahe wie

ein Far-Raider. Aber wir waren alle zu langsam. Wir dürfen Sushin keine Zeit mehr lassen, damit er Gegner wie diesen zum Leben erweckt."

„Der Kodex weiß nicht, wo Sushin ist", sagte Ebbitt, der gerade unter dem Wurmgeher hervorkam. Seinen Brustpanzer hielt er ein ganzes Stück von seinem Körper weg und darunter sah man jetzt deutlich ein Licht durch sein ziemlich schmutziges Unterhemd scheinen. „Irgendeine Kraft wirkt gegen den Kodex."

„Was ist mit dem Schleier?", fragte Tal beunruhigt. „Ist der Schleier noch da?"

Ebbitt sah nach unten und murmelte eine Frage.

„Es ist schwer, darauf zu lesen, wenn er auf dem Kopf steht", beschwerte er sich dann. „Aber man kann dem Kodex nicht trauen, wenn ich ihn woanders trage, deshalb ..."

„Der Schleier, Ebbitt!"

„Er ist noch da", gab Ebbitt mit einem Lächeln zurück. Dann verschwand das Lächeln, so als wäre es weggewischt worden. „Aber nicht mehr lange. Der Kodex berichtet, dass der Schleiersaal benutzt wird. Der Schleier wird ‚abgestellt', was auch immer das heißen mag. Drei der Türme sind bereits außer Betrieb, von Violett nach Blau. Oh nein! Grün auch!"

„Wo ist der Schleiersaal?", stieß Tal hervor. „Wie kommen wir dort hin?"

Ebbitt sah nach unten, brummte genervt und riss seine kristallene Brustplatte weg. Sie fiel scheppernd zu Boden.

Dort, eingewickelt in sein Hemd, war der Kodex der Erwählten, oder zumindest eine Miniaturversion davon. Ein Rechteck aus purem Kristall, dessen Oberfläche wie die Reflexion des Mondes auf dem Wasser schillerte.

Ebbitt zerriss sein Hemd, zog den Kodex heraus und lehnte ihn gegen die Wand. Seine Ecken glitzerten kurz, dann dehnte er sich nach oben und zu den Seiten aus. In ein paar Sekunden hatte er wieder die Größe angenommen, an die Tal sich erinnerte. Der Kodex war jetzt ungefähr so hoch wie Ebbitt und dreimal so breit.

„Wie kommen wir von hier zum Schleiersaal?“, fragte Tal. Er wusste, dass der Kodex nur auf Fragen antwortete.

Dunkle Linien erschienen auf der Oberfläche. Dann eine Karte, die für Tals Geschmack viel zu detailliert war, um sie sich schnell einprägen zu können. Doch neben der Karte stand auch eine Textzeile, geschrieben sowohl in der Schrift der Erwählten als auch in den Runen der Eiscarls.

Nur ein Weg, folgt diesem verschlungenen Korridor bis zur Spitze des Siebten Turmes.

• KAPITEL •
EINUNDZWANZIG

„Wie lange wird es noch dauern, bis der Schleier vollständig … äh … abgestellt ist?“, fragte Tal, noch bevor er die Antwort auf seine vorherige Frage verarbeitet hatte.

Neunundzwanzig Minuten bei der momentanen Vorgehensweise, antwortete der Kodex, erneut in Erwählten-Schrift und Eiscarl-Runen zugleich. Wahrscheinlich wollte er, dass sowohl Tal als auch Milla die Antwort lesen konnte.

„Los!“, rief Tal. Er wirbelte herum und rannte los. Der Karte nach waren es mindestens dreitausend Spannen, die sie dem verschlungenen Korridor folgen mussten. Das musste eigentlich in unter zwanzig Minuten zu schaffen sein. Wenn sie nicht irgendwelchen Wurmgehern oder anderen Hindernissen begegneten …

Milla, Crow, Malen, Adras und Odris folgten Tal ohne eine weitere Frage. Ebbitt hustete und lehnte sich gegen die Wand.

„Ich hole euch schon ein", rief er ihnen nach.

Als er sich umwandte, schrumpfte der Kodex wieder und verlor seine Form. Er verwandelte sich in eine gallertartige Masse, die die Wand hochkroch. Ebbitt griff danach und zog sie zurück an seine Brust, bevor er den anderen nachlief.

Der Korridor führte sie an mehreren weiteren Wurmgehern vorbei, von denen glücklicherweise keiner funktionierte. Tal versuchte, nicht langsamer zu laufen, wenn sie an einem der Wurmgeher vorbeikamen, obwohl das nicht gerade einfach war. Er rief Adras, damit er in seiner Nähe blieb und ihn auf die Schultern nehmen konnte, falls es nötig werden sollte. Auch Milla kam nahe an ihn heran, Odris an ihrer Seite. Offensichtlich ahmte sie seine Taktik für den Fall der Fälle nach.

Crow und Malen liefen ein Stück hinter ihnen. Tal machte sich keine Sorgen mehr über den Freivölkler-Jungen. Er hatte sich entweder völlig verändert oder er war nicht dazu bereit, seine Beziehungen – und die seines ganzen Volkes – zu den Eiscarls zu gefährden, indem er Tal etwas antat.

Der Korridor verengte sich nach der nächsten Biegung ein wenig und viele Türen führten rechts und links davon weg. Die Türen waren durchsichtig und als sie daran vorbeikamen, sah Tal durch die Türen auf der rechten und Milla durch die auf der linken Seite – sie mussten sich nicht absprechen.

Hinter den Türen sahen sie allerhand seltsame Dinge, aber sie hatten keine Zeit, anzuhalten und einen näheren Blick darauf zu werfen. Da waren zahlreiche eigenartig aussehende Maschinen aus Metall, Kristall und Sonnensteinen, die zum Teil leuchteten und glitzerten. Es gab Räume über Räume voller Tiere, die in durchsichtigen, mit Flüssigkeit gefüllten Behältern schwebten – Tiere, die Milla als Bewohner des Eises oder zumindest als deren Vorfahren erkannte. Es gab Dinge wie neugeborene Selski, die aber etwas anders aussahen; Merwin ohne Hörner; Wreska, die vielleicht ein Zehntel so groß waren wie die, die sie kannte; Eisbluthunde mit seltsamer Haut anstelle eines Felles; und sogar leuchtende Norrwürmer, die nicht größer waren als ihre Finger und damit ganz anders aussahen als die riesigen Exemplare, die immer paarweise auf dem Eis lebten.

Sie liefen immer weiter hinauf und hinab, der verschlungene Korridor wurde mit jeder Biegung enger und hinter den Türen sahen sie immer seltsamere Dinge.

„Ebbitt", keuchte Tal. „Wird an all diesem Zeug niemals vorbeikommen. Er wird eine Tür öffnen und vergessen, was er eigentlich tun wollte."

„Wir hätten den Kodex mitnehmen sollen", sagte Milla. Sie keuchte nicht wirklich, doch auch sie musste sich anstrengen, um normal zu sprechen.

„Keine Zeit, ihn zum Schrumpfen zu bringen", sagte Tal. „Abgesehen davon wissen wir ja, wo sich Sushin aufhalten muss."

Hinter der nächsten Biegung schrie Crow plötzlich hinter

ihnen auf. Er fiel und stolperte halb gegen die Wand und musste sich übergeben. Malen blieb ebenfalls stehen.

„Zu viel Anstrengung, zu schnell", sagte sie, nachdem sie seine Stirn mit der Handfläche befühlt hatte. „Du musst dich ein wenig ausruhen."

„Folge uns, wenn du wieder kannst!", rief Milla, ohne stehen zu bleiben.

„Also sind wir beide wieder allein", sagte Tal, als Milla schneller wurde.

„Und wir!", ergänzte Odris. „Weshalb vergisst du uns immer, Tal?"

„Er ist jetzt Imperator", sagte Adras düster. „Behandelt mich wie einen Diener."

„Das tue ich nicht!", protestierte Tal.

„Tust du doch!"

„Spart euch euren Atem", sagte Milla warnend. „Es wird steiler."

Der verschlungene Korridor wurde immer steiler und die Biegungen wurden enger. Es gab auch keine Türen mehr. Sie hatten jetzt das Gefühl, einen steilen Hügel hochzulaufen.

Tal fand, dass es auch immer schwerer wurde zu atmen. Er spürte, wie in seiner Seite ein stechender Schmerz wuchs. Er presste die Faust hinein und ignorierte den Schmerz. Was war schon ein solches Stechen, wenn der Schleier mit jeder Sekunde weniger …

Dann sah er ihn vor ihnen. Den Schleier. Der Korridor endete in absoluter, klar umrissener Dunkelheit.

„Ist er das?“, fragte Milla, als Tal langsamer wurde.

„Ja, das ist der Schleier“, gab Tal zurück. „Adras und Odris, haltet euch aneinander fest und dann an uns. Milla, nimm meine Hand. Wir müssen ohne Pause durchgehen, ich taste mich mit der Hand an der Innenwand entlang.“

Alle vier fassten sich an die Hände und Tal tastete nach der Wand.

„Was ist, wenn im Schleier eine Falle auf uns lauert?“, fragte Milla misstrauisch.

Tal schüttelte den Kopf.

„Ich glaube nicht, dass man im Schleier irgendetwas bewerkstelligen kann. Er nimmt nicht nur das Licht, sondern auch die Luft. Es ist eigenartig. Man kann sich nicht lange genug darin aufhalten, um eine Falle aufzustellen.“

Tal holte tief Luft und Milla tat es ihm nach. Dann tauchten sie gemeinsam mit ihren Geistschatten in die vollkommene Dunkelheit ein.

Mit dem Licht verschwand auch jedwedes Geräusch. Sogar Millas Berührung an Tals Hand erschien ihm fern und irreal. Unter seiner anderen Hand spürte er den rauen Stein, doch auch dieses Gefühl war schwach. Man konnte sich leicht im Schleier verirren, bis einem der Atem ausging.

Für Milla war es noch schlimmer. Sie kannte zwar die Dunkelheit auf dem Eis, doch das war etwas anderes. Diese

Dunkelheit war nicht kalt, doch sie entzog ihr gleichzeitig Wärme und Energie und ließ sie zittern, was ihr sonst eigentlich nie passierte, wenn es kälter wurde. Außerdem dauerte der Gang durch den Schleier nun schon um einiges länger, als Tal angekündigt hatte. Sie konnte zwar seine Hand spüren, aber nicht die ihres Geistschattens. Und sogar Tals Hand fühlte sich irgendwie seltsam und unmenschlich an. Der Schleier raubte ihr den Atem und sie war sicher, dass sie niemals mehr das Licht sehen würde …

Als sie durch den Schleier in einen von Sonnensteinen erleuchteten Korridor traten, der sich vor ihnen nach oben wand, stöhnte Milla erleichtert auf und warf Tal einen kurzen Blick zu, um zu sehen, ob er dieses kleine Zeichen der Schwäche bemerkt hatte. Aber Tal keuchte selbst und hatte keine Notiz davon genommen.

„Das war übel", sagte Odris. „Ich glaube nicht, dass ich da allein durchgehen würde."

„Ich bin schon dreimal hindurchgegangen", sagte Adras stolz.

„Lasst uns hoffen, dass der Schleier noch da ist, wenn wir wiederkommen", sagte Tal grimmig. Er begann zu laufen und das Stechen in der Seite kehrte sofort wieder zurück.

„Werden Crow und Malen es durch den Schleier schaffen?", fragte Milla.

„Crow hat es schon einmal geschafft", sagte Tal, obwohl es ihn ein paar Sekunden kostete, den Atem für diese Antwort zu sammeln. „Er kann Malen helfen. Sie könnten auch auf Ebbitt warten."

Tal schaute auf seinen Sonnenstein, um zu sehen, wie viel Zeit vergangen war.

„Vierzehn Minuten sind vorbei", sagte er. „Aber wir müssten schon mehr als die Hälfte des Weges zurückgelegt haben."

Sie begannen jetzt wieder zu laufen. Über dem Schleier gab es zwar auch ein paar Türen rechts und links, aber sie waren nicht durchsichtig. Die Türen bestanden entweder aus goldenem Metall oder aus etwas, das wie Holz aussah.

Tals Seitenstiche wurden schlimmer und peinigten ihn immer mehr. Irgendwann musste er stehen bleiben und sich vornüber beugen. Er fiel beinahe um vor Erschöpfung.

„Ich werde weitergehen", rief Milla, aber Tal packte sie am Ärmel.

„Nein", keuchte er. „Sushin ist zu mächtig … und wenn Sharrakor da ist … Adras, kannst du mich bitte tragen?"

„Siehst du, er denkt, ich bin sein Diener", brummte Adras.

„Ich habe bitte gesagt", hustete Tal.

„Er hat wirklich bitte gesagt", bestätigte Odris. „Soll ich dich auch tragen, Milla?"

Milla runzelte einen Moment die Stirn und nickte schließlich.

„Ja", sagte sie. „Darauf hätten wir früher kommen müssen. Der Korridor ist hoch genug und wir wären um einiges schneller."

„Ich kann nicht allzu schnell gehen“, sagte Odris. Ihrem Tonfall nach schien sie ihr Angebot bereits zu bereuen. „Ich werde auch müde, weißt du.“

Milla und Tal hielten ihre Arme hoch und spürten das kühle Schattenfleisch um ihre Handgelenke, als die beiden Geistschatten zupackten. Im vollen, klaren Licht des Korridors waren Adras und Odris stark und so hoben sie den Erwählten und das Eiscarl-Mädchen mit Leichtigkeit an und kamen schnell um die nächste Kurve.

Es ging jetzt viel schneller voran, als die beiden Menschen jemals hätten laufen können, wobei Adras allerdings dazu tendierte, die Kurven zu schneiden und Tal alle zehn Spannen gegen die Wand knallen zu lassen. Odris hingegen ließ Millas Füße von Zeit zu Zeit auf dem Boden schleifen.

Nach mindestens zwanzig weiteren Biegungen des immer steiler werdenden Korridors wurde Tal schwindlig. Seine Seitenstiche waren zwar verschwunden, aber der Schwindel war mindestens ebenso schlimm. Wenn sie so weitermachten, würde er nicht in der Verfassung sein, sich Sushin zu stellen. Er würde nicht einmal geradeaus sehen, geschweige denn Lichtmagie einsetzen können.

„Halt!“, rief er. „Wir müssen ganz in der Nähe sein!“

Die Geistschatten wurden langsamer und ließen ihre Passagiere los. Tal stolperte ein paar Sekunden lang herum und schüttelte den Kopf, bis der Schwindel verflogen war.

„Es kann nicht mehr weit sein“, sagte Tal noch einmal. Er

warf einen Blick auf seinen Sonnenstein. „Neunzehn Minuten. Wir haben noch zehn Minuten, bis der Schleier ausfällt.“

„Wir sollten einen Plan machen“, sagte Milla. „Was ist, wenn Sushin freie Geistschatten bei sich hat?“

Tal nickte. Er hatte am Roten Turm über dem Schleier schon viele freie Schatten gesehen, die als Vorhut für eine größere Streitmacht aus Aenir herübergebracht worden waren.

„Ich glaube, wir sollten uns eher auf Sushin konzentrieren“, sagte er. „Wir müssen ihn angreifen, denn er ist derjenige, der den Violetten Schlüsselstein benutzen kann. Adras und Odris können versuchen, uns die freien Schatten vom Hals zu halten.“

„Mir fällt kein besserer Plan ein“, sagte Milla. „Wir müssen darauf bauen, dass das Schicksal uns hilft und unerschrocken und tapfer sein.“

Sie streckte eine Hand aus, drehte ihr Handgelenk nach oben und entblößte die Narben ihres gemeinsamen Schwures.

„Wir haben viele Gelübde gefasst“, sagte sie. „Lass und noch eines hinzufügen. Eines ohne Blut, denn dafür ist ohnehin keine Zeit. Lass uns zusammenstehen, um unsere Welt zu retten.“

Tal hielt ebenfalls sein Handgelenk hoch, das ähnliche Narben trug, und legte es auf Millas.

„Gemeinsam, um die Welt zu retten. Wir werden Sushin und Sharrakor besiegen!“

Tal und Milla sahen sich eine volle Sekunde tief in die Augen und beide erkannten einen Teil von sich im Blick des anderen. Irgendwie war der Erwählte beinahe zum Eiscarl geworden und das Eiscarl-Mädchen zur Erwählten. Imperator und Kriegsführerin, eine Mischung aus dem Besten den beiden Völker.

Dann trennten sie sich und liefen den Korridor hinauf, die Geistschatten an den Fersen. Zwei Menschen aus der Dunkelwelt, die gemeinsam nach oben liefen, um sich dem Feind zu stellen. Dem Feind allen Lebens unter dem Schleier.

• KAPITEL •
ZWEIUNDZWANZIG

Der Schleiersaal ähnelte dem Raum oben auf dem Roten Turm, er war nur größer und eindrucksvoller. Er hatte vier breite, bogenförmige Fenster, die den Blick auf den blauen Himmel und Sonnenschein freigaben. Der Boden war hier nicht gekachelt, aber voller Sonnensteine, deren violettes Licht sich mit dem goldenen Sonnenschein mischte.

Tal und Milla waren schneller dort, als sie erwartet hatten – der Korridor hatte noch eine letzte steile Biegung und war dann in den Saal übergegangen. Sie duckten sich, als sie die Ecke sahen und spähten über den Rand der Rampe.

Es gab keinen Baum voller Glocken wie im Roten Turm, aber in der Mitte des Saales stand ein ähnlicher Pyramidenstumpf wie dort. Einige Teile des Pyramidenstumpfes leuchteten wie ein Sonnenstein in unterschiedlichen Farben. Erschrocken stellte Tal fest, dass der gesamte Pyramidenstumpf in Wirklichkeit aus einem einzigen riesigen Sonnenstein gehauen war, der einen Durchmesser von drei oder mehr Spannen gehabt haben musste. Er wusste nicht einmal, wie man einen Sonnenstein überhaupt bearbeiten konnte – und schon gar nicht in der Form einer Pyramide.

Während Tal hinsah, fiel ihm auf, dass das waagerechte Band aus gelbem Licht in der Pyramide langsam dunkler wurde. Mit Entsetzen erkannte er, dass mehr als die Hälfte des Sonnensteins bereits nicht mehr leuchtete. Fünf verschiedene Farbbänder vom Sockel bis zur Mitte des Stumpfes waren schon dunkel und nur zwei leuchteten noch. Orange und Rot.

Dann sah Tal Sushin. Der fette Erwählte stand auf der anderen Seite des Pyramidenstumpfs und hielt den Violetten Schlüsselstein in der Hand. Er schickte violette Strahlen in die Pyramide, von denen Tal instinktiv wusste, dass sie den Schleier ausschalteten – nein, wie hatte der Kodex es genannt? Ihn *abstellten.*

Sushins Geistschatten, ein Monster mit Stacheln, vier hakigen Klauen und zwei gewaltigen Hörnern auf dem Kopf, ragte hinter seinem Meister auf. Ansonsten befanden sich keine weiteren Geistschatten in dem Raum, zumindest nicht, soweit Tal sehen konnte. Er merkte, wie Hoffnung in ihm aufkam. Sushin war ein gefährlicher Gegner, aber er war allein.

„Angriff auf drei?", flüsterte er Milla zu und sie nickte. Tal sah, dass die Kralle an ihrer Hand bereits leuchtete, als sie sie ausstreckte.

Tal hielt drei Finger hoch. Er senkte einen und sein Herz klopfte. Er senkte den zweiten und sein Herz schlug mehr als je zuvor in seinem Leben. In seinem Sonnenstein leuchtete rotes Licht auf. Er senkte den dritten Finger …

„Los!“

Dann geschah alles viel zu schnell. Es gab keine Zeit zum Nachdenken, jetzt kam es auf den Instinkt an.

Tal sprang nach vorn und feuerte einen Roten Strahl der Zerstörung auf den Geistschatten ab, denn Sushin war durch zu viele Sonnensteine geschützt. Er traf das Biest zwischen den Augen und es wich zurück, wobei es sich den Kopf mit zweien seiner Klauenhände hielt.

Milla lief mit voll ausgefahrener Kralle geradewegs auf Sushin zu. Die Kralle war eine lange Peitsche aus Licht, die sich wand und schlängelte, als hätte sie ein Eigenleben.

Sushin rührte sich nicht. Er stand da wie eine Statue und sandte weiter Strahlen aus dem Violetten Schlüsselstein an seinem Finger in den Pyramidenstein.

Das orangefarbene Lichtband erlosch. Sushins Geistschatten schoss nach vorn, lief aber nur in den nächsten Roten Strahl der Zerstörung, als Tal näher kam. Adras und Odris schossen los und packten den feindlichen Geistschatten.

Milla schlug mit der Kralle nach Sushin und traf ihn. Am Saum seiner violetten Robe flammten Sonnensteine auf. Der Hieb von Millas Kralle wurde abgewehrt und die Lichtpeitsche zuckte über ihren Kopf zurück. Ohne nachzudenken zog das Eiscarl-Mädchen ein Knochenmesser aus seinem Gürtel und versuchte, auf Sushin mit dieser eher handfesten Waffe einzustechen. Aber die Sonnensteine flammten rot auf und das Messer verbrannte in einem gleißend hellen Blitz.

Milla schrie rasend vor Wut auf und versuchte, die Kralle in Sushins Gesicht zu rammen. Noch mehr Sonnensteine flammten auf, dieses Mal in Blau und Grün, und Milla spürte, wie sie von einer unsichtbaren Kraft über Sushins Kopf hinweg geschleudert wurde. Sie schlug einen Salto, landete auf den Zehenspitzen beider Füße und rannte sofort zurück. Im gleichen Augenblick lief Tal los. In Gedanken begann er schon die ersten Teile der Violetten Diskontinuität in seinem Sonnenstein aufzubauen.

Milla schlug wieder zuerst zu und wurde einmal mehr von Sushins Abwehrzauber zur Seite geworfen. Mit einem wütenden Schrei schlitterte sie über den Boden. Auf der anderen Seite des Saales drehten Adras und Odris Sushins Geistschatten die Klauen auf den Rücken und hielten ihn fest, sodass er sie nicht mit seinen Hörnern und Zähnen erreichen konnte. Dann begannen sie, ihn auseinander zu reißen. Bei jedem Ruck brüllten und donnerten sie.

„Halte dich fern!“, schrie Tal. Eine Violette Wolke schoss aus seiner Hälfte des Violetten Schlüsselsteins. Mit einem Zucken seines Handgelenks schickte er sie wirbelnd zu Sushin.

Jeder einzelne Sonnenstein an Sushins Körper brach in höchste Brillanz aus, als ihn die Violette Diskontinuität traf. Einen Moment schien es so, als würden die Sonnensteine die Violette Diskontinuität abwehren oder sie gar zurückwerfen. Doch dann explodierten sie einer nach dem Anderen, als die Diskontinuität zuschlug.

Aber Sushin bewegte sich noch immer nicht. Unbeirrbar hielt er seine Hälfte des Violetten Sonnensteins auf die Pyramide gerichtet. Sogar als sein letzter Sonnenstein explodiert war und die Diskontinuität begann, seine Kleider und sein nacktes Fleisch wegzufressen, sah er weder weg noch senkte er die Hand.

Dann erlosch das letzte farbige Band der Pyramide. Alle sieben Bänder waren dunkel.

Jetzt bewegte Sushin sich gewandt wie ein Höhlenmaul. Er richtete seinen Teil des Schlüsselsteins auf sich selbst und badetet sich in einem violetten Licht, das einen etwas anderen Farbton hatte als die Violette Diskontinuität. Die beiden Lichterscheinungen löschten sich gegenseitig aus und im gleichen Moment griffen Tal und Milla erneut an.

Tals Roter Strahl der Zerstörung war der stärkste, den er jemals geschaffen hatte. Es war ein fingerdünner Strahl aus tödlichem Licht, der genau auf Sushins Kopf gerichtet war. Doch Sushin fing ihn mit seinem Schlüsselstein ab und reflektierte den größten Teil des Strahls an die Decke. Er erlitt nur Verbrennungen an der Hand.

Milla peitschte mit der Kralle nach Sushins Beinen. Mit unmenschlicher Schnelligkeit konterte Sushin mit einem Violetten Schild, war aber dennoch nicht schnell genug und so schnitt ihm die Peitsche in die Beine, oberhalb der Knöchel.

Wie damals als Milla ihr Merwin-Horn-Schwert nach ihm geworfen hatte, floss kein Blut aus den Wunden. Doch Sushin fiel zu Boden, da seine Kreuzbänder zerschnitten waren. Er kroch wie ein Wurmgeher um den Pyramidenstumpf und kreischte dabei: „Nein, ich bin es nicht! Ich bin es nicht! Tötet Sushin nicht!"

Dann kam eine andere Stimme von irgendwo aus seinem Innern. Es war eine tiefere, lautere Stimme, furchtbarer als alles, was aus einem menschlichen Mund dringen konnte.

„Ihr habt verloren! Der Schleier ist vernichtet! Sharrakors Zeit ist angebrochen!"

Dann sprach die Stimme eine schnelle Folge von Worten. Worte, die weder Tal noch Milla verstehen konnten, aber dennoch irgendwie erkannten.

„Nvarth! Ghesh gheshthil lurese!"

Nun sprach die Stimme Worte, die sie sehr gut verstanden. Worte, die sie wie Schläge trafen.

„Adras eris Aenir! Odris eris Aenir!"

Mit diesen Worten verschwanden Adras und Odris.

Für Tal und Milla war es, als würde ihnen etwas aus dem Leib gerissen, ein so furchtbarer Schmerz, dass beide sofort zu Boden stürzten wie gefällte Bäume.

Durch den Nebel der lähmenden Schmerzen sah Tal, wie Sushin wieder um die Pyramide herum und auf ihn zu kroch. Tal versuchte, sich auf seinen Sonnenstein zu konzentrieren, doch er sah nur noch verschwommen und konnte seine Hand nicht dazu bringen, seinem Willen zu folgen.

Auch Milla versuchte es. Sie schaffte es sogar, sich näher an Tal zu schleppen und ihre Hand mit der Kralle anzuheben. Doch es erschien keine Lichtpeitsche und sie konnte die Kralle nicht lange oben halten. All ihre Kraft war verschwunden.

Tal wurde klar, dass sie sterben würden, auch wenn er aufgrund der Schmerzen nicht klar denken konnte. Das Gleiche war Ethar und den anderen vor dem Audienzsaal widerfahren. Sushin – oder was auch immer *in* Sushin steckte – hatte ihre Geistschatten nach Aenir zurückgeschickt und der plötzliche Schock hatte die Wachen getötet.

„Ich werde das an mich nehmen", sagte Sushin in seiner normalen Stimme, als er neben Tal gekrochen war. Eine seiner feisten Hände griff nach Tals Hand und zog ihm den Violetten Schlüsselstein vom Finger. Der Erwählte Junge versuchte, Widerstand zu leisten, doch es nutzte nichts. Sein Arm hing nur leblos herab und der Schmerz fuhr ihm durch die Augen ins Hirn. „Ich glaube, man sollte diese beiden Hälften wieder zusammenfügen."

Sushin setzte sich auf und inspizierte den halben Schlüsselstein, den er soeben an sich gebracht hatte. Doch bevor er ihn an seinen Finger neben die andere Hälfte stecken konnte, die er schon besaß, schoss von irgendwo ein Roter Lichtstrahl heran und traf ihn mitten auf die Hand. Der Ring mit dem Schlüsselstein fiel zu Boden und rollte davon.

Die tiefe Stimme in Sushin polterte böse. Es war ein Geräusch, das Tal noch über seinen Schmerz hinweg ängstigte.

Ein weiterer Roter Strahl traf Sushin in die Brust und Rauch stieg auf, als der Strahl ein Loch hinterließ. Sushin stöhnte wieder und versuchte aufzustehen. Seine verletzten Beine und seine gewaltige Körpermasse schien er vergessen zu haben. Er fiel hin und schlängelte sich wie ein Wurm zurück zur Pyramide.

Durch die tiefen Risse und Schnitte in der Robe des Erwählten sah Tal keine Haut oder etwa Blut, nur Schatten.

Tal rollte sich schreiend vor Schmerz auf die andere Seite und sah Crow am Eingang stehen. Der Freivölkler-Junge hielt seinen Sonnenstein auf die Art in der Hand, wie sie einem im Lektorium beigebracht wurde. Sein Gesicht zeigte seine Konzentration. Seine Hand war in rotem Licht gebadet, das soeben seine Intensität steigerte. Crow bereitete den nächsten Roten Strahl vor. Eine Sekunde später schoss der Strahl hervor und schlug Funken, als er etwas Metallenes an Sushins Robe traf.

Aber das alles reichte noch immer nicht, um das aufzuhalten, was Sushin in Wirklichkeit war. Er griff nach der Pyramide und zog sich daran hoch. Dann stützte er sich so ab, dass er mit seinem Sonnenstein auf Crow zielen konnte.

„Nein!“, schrie Tal. „Kein Mensch!“ Die Worte waren von Schluchzern begleitet. „Ein Schatten! Malen …“

Dann verließen ihn seine Kräfte und er konnte nicht weitersprechen.

• KAPITEL •
DREIUNDZWANZIG

Tals Worte waren noch nicht im Saal verhallt, da feuerte Sushin eine Kugel aus leuchtendem Violett auf Crow ab. Gleichzeitig erfüllte Malens Stimme die Luft. Es war eine zögernde, unsichere Stimme, die das Gebet von Asteyr sprach.

Crow sprang zur Seite und die violette Kugel flog an ihm vorbei. Sie traf die Wand zwischen zwei Fenstern, durchschlug sie in einer Explosion und verschwand draußen im Freien, gefolgt von einer Wolke aus Steinsplittern und Staub.

Die Wirkung von Malens Worten war mindestens ebenso spektakulär. Sushin erstarrte mit offenem Mund und ausgestreckter Hand. Dann erschien sein ganzer Körper plötzlich wie ein unscharfes Bild. Man sah seine menschliche Form und gleichzeitig eine dunkle Kopie, die sich von ihm trennte und einen Augenblick später neben der menschlichen Version stand.

Es war der Schatten, der die Haut verließ, die ihn versteckt hatte. Als der Schatten draußen war, veränderte er die Form und wuchs, wurde immer größer und bedrohlicher. Langsam nahm er eine Gestalt an, die Tal schon einmal gesehen hatte.

Ein Monster. Ein Drache. Sharrakor höchstselbst.

Als er sich endgültig aus seinem menschlichen Körper gelöst hatte, reichte er vom Boden bis zur Decke. Er hatte einen langen, mit Stacheln besetzten Kopf und ein Maul mit vielen spitzen Zähnen, das Tal mit einem Happen hätte verschlingen können. Seine Flügel hatte er zusammengefaltet, denn sie hätten ohnehin nicht in den Saal gepasst. Er hatte einen langen Schwanz, der in einem Knochen von der Form eines Schlachterbeils endete.

„Nicht einmal Asteyr selbst konnte mich allein binden", brüllte Sharrakor. „Wie willst du schaffen, was ihr nicht gelang, und wofür sie starb? Ich sehe Danir, Susir und Grettir nicht, die kommen, um ihr Werk zu vollenden!"

Die Stimme des Schattendrachens übertönte einen Moment Malens Singsang und Tal dachte, sie hätte aufgehört. Doch dann war ihre Stimme wieder zu hören. Leise, langsam, aber ohne Angst. Ob ihr Gebet den Schatten fesseln konnte oder nicht, es gefiel ihm auf jeden Fall nicht.

„Sprich deinen Zauberfluch!", brüllte er wieder. „Ich werde nicht hier bleiben, um ihn mir anzuhören. Aber ich werde dich finden, Eishexe, wenn du nach meiner Rückkehr noch lebst. Geht jetzt und sagt euren Völkern, dass der Schleier zerstört ist! Dass Sharrakor bald den Krieg vollenden wird, den eure Vorfahren aus Dummheit begonnen haben!"

Mit diesen Worten zuckte Sharrakors Kopf nach unten und biss Sushin die Hand ab. Er hielt sie einen Moment zwischen seinen gewaltigen Kiefern, dann verschwand der Geistschatten und die Hand fiel zu Boden – ohne den Sonnenstein-Ring, der eine Sekunde zuvor noch da gewesen war.

Malen sprach noch immer das Gebet von Asteyr, obwohl ihr Ziel nicht mehr sichtbar war. Crow lief zu Tal und Milla, die sich auf dem Boden wanden.

„Was ist passiert?", fragte er. „Wo seid ihr verletzt?"

„Geistschatten", sagte Tal. Er konnte vor Schmerz kaum reden. „Zurückgeschickt. Aenir. Wir ... müssen ... ihnen folgen. Hol Ebbitt. Den Ring. Bitte ... bitte ..."

Tal sah, wie Crow sich umdrehte und den Ring aufhob. Jetzt passiert es, dachte sein schockverwirrtes Hirn. Jetzt wird er mich verraten. Jetzt wird Crow den Ring nehmen und verschwinden. Er dreht sich schon um. Das ist das Ende ...

Diese Gedanken erfüllten ihn noch immer, als Crow den halben Schlüsselstein zurück an Tals Finger steckte.

„Ich kenne den Weg nach Aenir", sagte Crow. „Ebbitt hat ihn mir einmal gezeigt. Aber ich bin ihn nie gegangen. Es scheint so, als wäre jetzt die Zeit gekommen."

„Hol Milla", flüsterte Tal. Er konnte sich nicht konzentrieren. „Du ... musst das Licht in unsere Steine reflektieren ..."

Milla war bereits ein wenig näher gekrochen. Sie sagte kein Wort und gab keinerlei Schmerzlaute von sich, als Crow sie packte, neben Tal zerrte und beide auf den Rücken drehte. Er legte ihnen ihre Sonnensteine auf die Brust und ihre Köpfe in seinen Schoß.

„Milla", murmelte Tal. „Beobachte … Sonnenstein … folge … wiederhole …"

Crow begann, sich die Farben vorzustellen und den Weg nach Aenir zu sprechen. Sein Sonnenstein leuchtete auf und er lenkte zwei Lichtstrahlen auf die Steine in Millas und Tals Händen.

Trotz der Schmerzen versuchte Tal, die Worte zu wiederholen, die Crow sagte. Er wusste, dass sie nach Aenir kommen mussten. Sie mussten Adras und Odris finden, die dort irgendwo im Sterben lagen. Dann mussten sie in die Dunkelwelt zurückkehren und den Schleier reparieren oder wieder aufbauen und sich auf Sharrakors Invasion vorbereiten …

Milla folgte den Worten, ohne an etwas anderes zu denken. Die Farben und Worte waren alles, was jetzt noch zählte. Sie musste überleben. Ihr Volk vertraute ihr. Sie hatte bereits versagt und den Schleier nicht retten können. Sie musste überleben, um ihr Versagen rückgängig zu machen …

Malen schloss das Gebet von Asteyr ab. Doch sie spürte, dass es nicht erfolgreich gewesen war. Sharrakor musste nach Aenir geflohen sein, um dem Zauberspruch zu entgehen. Er lauerte nicht unsichtbar in dem Saal.

Malen sah, wie Crow neben Tal und Milla saß, die sich an ihn anlehnten. Vielfarbige Lichtbogen bildeten sich um die kleine Gruppe. Sie sah Sushin tot oder sterbend neben der Pyramide. Jetzt, da der Schatten aus ihm geflohen war, floss auch Blut aus seinem Körper.

Dann sah sie einen kleinen Lichtblitz an der Spitze des Pyramidenstumpfs. Er war vollkommen dunkel gewesen, doch jetzt leuchtete ein kleines, schwaches Licht an seiner Oberseite. Malen beobachtete es und wartete, ob sich das Licht ausbreiten würde. Doch nur die Spitze leuchtete.

Als sie hinter sich ein Geräusch hörte, wirbelte sie herum, plötzlich verängstigt. Sie war mit einem Mal allein, eine Crone, die von ihren Müttern und Schwestern abgeschnitten war und keine Schildjungfrauen zu ihrem Schutz hatte.

Doch es war Ebbitt, der keuchend und schnaufend die Rampe hochkam. Er sah Malen, die ihn mit wildem Blick anstarrte und dahinter Sushin, die fast vollkommen dunkle Pyramide und das von Regenbogenfarben umgebene Trio Crow, Tal und Milla.

„Was ist passiert?"

Malen zitterte und war außerstande, etwas zu sagen. Die Worte blieben ihr im Halse stecken. Ebbitt lief an ihr vorbei und warf einen erneuten Blick auf die Drei. Sie waren offensichtlich nach Aenir übergetreten. Dann kniete er sich neben Sushin und ließ seinen Sonnenstein in heilender Magie aufleuchten. Ebbitts Geistschatten schnüffelte an Sushin und ging dann hinüber zu der Stelle, an der Adras und Odris seinen stacheligen Geistschatten zerrissen hatten.

„Er … er hatte einen Schatten in sich", sprudelte es aus Malen hervor. „Sharrakor. Einen Drachen. Er ließ Adras und Odris verschwinden und Tal und Milla fielen zu Boden. Wir haben es gesehen, Crow setzte Lichtmagie ein und ich versuchte es mit dem Gebet von Asteyr, doch Sharrakor sagte, dass der Schleier zerstört wäre und er wieder zurückkommen würde …"

„Der Schleier ist nicht zerstört", sagte Ebbitt scharf. „Er ist nur an den Rändern durchlässig geworden." Von seiner üblichen Verwirrtheit war nichts mehr zu spüren. „Der Rote Schlüsselstein wird ihn aufrecht erhalten, zumindest eine Weile. Aber vielleicht nicht so stark wie sonst. Was sagte Sharrakor über seine Rückkehr?"

„Er sagte, er würde zurückkommen und den Krieg zu Ende führen", berichtete Malen. „Oh, ich muss … muss Bericht erstatten …"

Sie stellte sich aufrecht hin und legte die Hände an den Kopf. Doch je mehr sie versuchte, die anderen Cronen zu erreichen, desto stärker hörte sie Sharrakors furchtbare Stimme und die Drohung, dass er sie finden würde …

„Das wird dir helfen", sagte Ebbitt.

Sushin öffnete die Augen. „Danke, aber das wird nicht …", begann er, doch er hielt inne und ein Ausdruck völliger Verwirrung kam über sein Gesicht. „Wo bin ich? Wer bist du?"

„Ruh dich jetzt aus“, sagte Ebbitt. „Du hattest einen Unfall.“

„Ich war in Aenir“, sagte Sushin. „Und habe mit Julper Yen-Baren gefrühstückt. Er wollte mir helfen, nach Gelb aufzusteigen ...“

Er hielt einen Moment inne.

„Ich habe geträumt“, sagte er dann. „Einen furchtbaren Traum. Mein Kopf wurde geöffnet und ein Fremder stieg hinein ...“

Seine Stimme wurde immer schriller, während er sprach, bis sie hysterisch klang. Ebbitt hob schnell seinen Sonnenstein und grünes Licht fiel auf Sushins Gesicht. Die Augen des Erwählten schlossen sich und er hing wieder schlaff an der Pyramide.

„Ich weiß nicht, was gnädiger wäre: Ihm beim Überleben oder beim Sterben zu helfen“, sagte Ebbitt. „Ich glaube, dass hier wie so oft das Schicksal entscheiden wird. Stell dir nur vor, deine letzte Erinnerung ist ein Frühstück mit Julper Yen-Baren! Vor mehr als dreißig Jahren! Und ich bin mir sicher, dass es auch ein ziemlich schlechtes Frühstück war. Julper war ein übler Zeitgenosse. Los jetzt.“

„Los jetzt?“, fragte Malen. „Wohin?“

„Nach Aenir“, sagte Ebbitt ungeduldig. „Wir beide müssen meinen Stein für den Übertritt benutzen. Sieh ihn einfach nur fest an und sprich mir nach.“

„Aenir!“, rief Malen. „Ich kann nicht dorthin gehen!“

„Man wird dich dort aber brauchen", sagte Ebbitt. „Wenn ich den Kodex richtig lese."

„Was meinst du damit?"

„Aber dann würde ich ja alles verraten", gab Ebbitt zurück.

„Ja genau!", sagte Malen und stampfte mit dem Fuß auf. „Also sag es mir jetzt, du … du alter Raffer!"

Raffer war unter Eiscarls eine sehr schwere Beleidigung, denn das Teilen von Essen und allen anderen notwendigen Dingen war wichtig zum Überleben der Clans. Ebbitt war allerdings keineswegs getroffen.

„Sag ruhig, was du möchtest", meinte er und rieb sich die Nase, „nachdem Sharrakor sich des Schleiers entledigt hat – oder wenigstens beinahe – muss er jetzt das Vergessen aufheben. Da es eure Cronen beziehungsweise ihr historisches Äquivalent waren, die das Vergessen zuerst angewendet haben, sieht es für mich ganz so aus, als würdest du gebraucht werden."

„Aber ich bin doch nur eine junge Crone", protestierte Malen.

„Du bist die *einzige* Crone, die im Augenblick da ist", sagte Ebbitt und nahm sie am Arm. „Sieh einfach nur fest in diesen Sonnenstein."

„Aber ich muss erst die anderen Cronen …"

„Keine Zeit!", rief Ebbitt. Sein Geistschatten rutschte dichter an ihn heran. Ebbitts Sonnenstein wechselte bereits die Farbe und begann die erste Sequenz des Weges nach Aenir. „Sie werden es schon selbst herausfinden. Denk daran, du musst meine Worte nachsprechen!“

Er begann zu sprechen, Malen starrte widerwillig in den Sonnenstein und sprach seine Worte nach. Aenir! Sie ging nach Aenir, wo kein Eiscarl außer Milla seit mehr als tausend Umrundungen gewesen war!

Keiner von beiden bemerkte den silbernen Schimmer, der sich aus Ebbitts Hemd stahl und über den Boden bewegte. Der Kodex der Erwählten hatte schon zu viel Zeit in Aenir verbracht und hatte keine Absicht, noch einmal dorthin zurückzukehren.

• KAPITEL • VIERUNDZWANZIG

Tal, Milla und Crow fielen auf eine Steinplattform, die sich unter ihnen bewegte und offensichtlich versuchte, davonzukriechen. Der schwächere Sonnenschein von Aenir fiel auf ihre veränderten Körper, auf ihre aenirischen Versionen. Sie waren alle ein wenig kleiner, schlanker und ihre Haut leuchtete ein klein wenig.

Der Schmerz erfüllte Milla und Tal noch immer, war aber um einiges geringer. Tal spürte, dass Adras irgendwo sein musste. Zwar weit weg, aber er war da. Der Geistschatten war also, dem Licht sei Dank, noch am Leben.

Tal setzte sich auf und sah sich um. Sie schienen sich nicht in unmittelbarer Gefahr zu befinden, obwohl ihm der bewegliche Stein unter ihnen nicht ganz geheuer war. Er war nicht das einzige scheinbar feste Objekt, das sich bewegte. Die Reste einer nahen Wand bewegten sich ebenfalls fort. Alter Mörtel rieselte daran herab.

„Ruinen“, sagte Crow. Er stand auf und schüttelte leicht den Kopf, als er an sich herunter sah und sein verändertes Selbst betrachtete. „Das ist also Aenir. Ich wollte es schon immer einmal sehen.“

„Siehst du Feinde?“, fragte Milla. Sie stand ebenfalls auf, setzte sich aber schnell wieder hin, um ihre Beine zu massieren und ein paar Dehnübungen mit ihren Armen zu machen.

„Nein“, gab Crow zurück. „Zumindest kann ich keine erkennen. Hier gibt es eine Menge Steine, die sich bewegen. Sehr langsam. Wo sind wir überhaupt?“

„In einer Ruinenstadt“, sagte Tal, obwohl das für alle offensichtlich war. Zumindest sah es so aus. In Aenir konnte man niemals sicher sein, was etwas in Wirklichkeit war, wie auch immer es aussah. Sie waren jedenfalls von einigen Ruinen umgeben und bis zum Horizont erstreckten sich weitere – bis zu den Hügeln hinauf.

„Was ist passiert?“, fragte Milla. „Ich habe gespürt, wie Odris ... weggerissen ... wurde. Es war schlimmer als damals, als mich das Merwin verletzt hat.“

Tal schüttel den Kopf.

„Ich bin mir nicht sicher. Irgendwie hat Sharrakor sie hierher zurückgeschickt. Aber sie kommen zu uns zurück. Glaube ich zumindest.“

„Ja“, bestätigte Milla. „Ich fühle, dass Odris näher kommt. Aber sie sind noch sehr weit weg.“

„Wir haben versagt“, sagte Tal, nachdem beide einen Augenblick geschwiegen hatten. „Der Schleier ist verschwunden."

„Das Eis wird schmelzen", sagte Milla leise. „Die Slepenish und Selski werden sterben und mein Volk mit ihnen."

„Und alle Überlebenden werden von den Schatten ermordet, die Sharrakor dorthin zurückbringen wird."

„Nicht, wenn wir ihn aufhalten", sagte Milla. „Vielleicht können wir wenigstens das tun, wenn wir schon bei so vielen anderen Dingen versagt haben."

„Wir müssen es versuchen", sagte Tal. Er dachte an seine Familie im Schloss. Er hatte seine Mutter Graile gerettet und es gab noch eine Chance, dass er seinen Vater Rerem aus dem Orangefarbenen Sonnenstein befreien und er Gref und Kusi wieder mit der Familie vereinen konnte. Aber wofür? Damit sie gemeinsam nach Sharrakors Invasion sterben konnten?

„Nein", widersprach Milla ihm. „Wir müssen es *schaffen*."

Tal und Crow nickten grimmig und stimmten ihr zu. Tal zwang sich auf die Beine. Er wankte ein wenig und musste sich an Millas Schulter abstützen, um das Gleichgewicht zu halten. Crow bot ihm eine Hand an, doch Tal lehnte sie ab. Er schaffte es schließlich, ohne Hilfe zu stehen und sah in die Richtung, aus der er die Sturmhirten kommen fühlte. Als er nichts erkennen konnte, drehte er sich langsam einmal im Kreis.

Irgendwo am Horizont sah er einen Fleck und einen Moment dachte er, es wäre Adras. Doch der Fleck sah nicht danach aus und bei genauerem Hinsehen fiel Tal auf, dass er sich von ihnen weg bewegte. Er zeigte ihn Milla und Crow.

„Was ist das?"

Crow sah ebenfalls hin, konnte aber nichts erkennen. Milla schirmte ihre Augen mit der Hand ab.

„Ein Drache. Sharrakor", sagte sie. Der Name erfüllte beide mit Angst. „Er ist nicht dunkel wie ein Schatten, sondern hell wie ein Spiegel in der Sonne."

„Behalte ihn im Auge, solange du kannst", sagte Tal. „Wir müssen ihm irgendwie folgen."

Eine Bewegung erregte seine Aufmerksamkeit und er drehte sich wankend um. Doch es war nur ein Felsen, der sich langsam zwischen zwei Wänden hindurchschob.

Er seufzte und setzt sich wieder. Vorerst konnten sie absolut nichts unternehmen. Sie mussten erst zu Kräften kommen und warten, bis Adras und Odris wieder da waren.

Aber es waren nicht Adras und Odris, die kamen. Neben ihnen flimmerte plötzlich die Luft und ein Regenbogen erschien. Tal und Milla zogen sich zurück und hielten Sonnenstein und Kralle bereit. Crow ging hinter einer Mauer in Deckung und hob etwas auf, von dem er hoffte, dass es ein lebloser Stein war. Zwar war sein Messer beim Übertritt nicht mitgekommen, dafür aber ein Teil seiner anderen Besitztümer, wenn auch womöglich in einer anderen Form.

„Erwählte!", stieß Tal hervor. „Sie kommen vom Schloss!"

Der Regenbogen wurde heller, dann gab es einen Blitz und

als Nächstes standen Ebbitt und Malen vor ihnen. Sie wurden von einer dunkelgrünen Katze mit hellgrüner Mähne begleitet. Ebbitt griff sich an die Brust und einen Augenblick dachte Tal, der alte Mann hätte eine Herzattacke. Doch dann stampfte Ebbitt wütend auf und brach in eine Schimpfkanonade aus.

„Die Dunkelheit hol dieses Ding! Gerade wenn wir es am nötigsten brauchen!"

„Hallo Großonkel", sagte Tal. „Was brauchst du denn?"

„Den verfluchten Kodex!", rief Ebbitt, legte sich mit dem Gesicht nach unten auf den Steinboden und trommelte mit den Fäusten dagegen. Seine bemähnte Katze setzte sich neben ihn und leckte sich die Pfoten. „Er ist mir entwischt."

„Willkommen, Malen", sagte Milla und schlug die Fäuste zusammen. „Ich bin froh, dass du bei uns bist."

Malen schaute sich um. Sie sah die kriechenden Felsen und zitternden Mauern. Dann starrte sie Milla an und schlug ebenfalls ihre Fäuste zusammen.

„Ich grüße dich, Kriegsführerin. Ich war mir nicht sicher, aber Ebbitt bestand darauf … Ich muss helfen, Sharrakor davon abzuhalten, das Vergessen aufzuheben, bevor der Schleier fällt."

„Was?", stieß Tal hervor. „Was meinst du damit, *bevor der Schleier fällt?*"

Ebbitt trommelte nicht mehr auf den Felsboden und rollte sich zur Seite. Seine Katze machte ihm ein wenig Platz und putzte sich dann wieder. Tal bemerkte, dass ihre kurzen Haare grün waren, die Augen gelb und die Klauen weiß.

„Lokar hat den Roten Schlüsselstein wieder an Ort und Stelle gebracht und verschlossen", sagte er. „Oder andersherum. Wie auch immer, er wird den Schleier aufrecht halten – allerdings nicht bei voller Stärke. Meinen Berechnungen zufolge wird er noch sieben Tage halten."

„Deinen Berechnungen zufolge!", rief Tal.

„Der Kodex hat mir beim schwierigeren Teil geholfen", gab Ebbitt zu. „Er hat das Dezimalkomma immer hin und her geschoben. Wir sprachen darüber, während ich hinter euch Hitzköpfen her auf den Turm lief. Es ist immer besser, vom Schlimmsten auszugehen."

„Sieben Tage!", riefen Tal und Milla wie aus einem Mund, während Ebbitt die Stirn runzelte.

„Das ist nicht lange, aber die Berechnung könnte auch um eine oder zwei Stunden daneben liegen ...", setzte Ebbitt an. Er hielt inne, als Milla und Tal lachten und jubelten. Crow lächelte kurz, behielt aber weiter die umliegenden Ruinen und den Himmel im Auge.

„Sieben Tage!", rief Tal noch einmal. „Wir dachten, der Schleier wäre bereits aufgelöst! Das gibt uns ... das gibt jedem eine Chance!"

„Ja, es ist alles ganz einfach", grummelte Ebbitt. „Sharrakor finden, ihn vom Aufheben des Vergessens und damit der Aufstellung einer Armee von tausenden Aenirern abhalten, die andere Hälfte des Violetten Schlüsselsteins zurückholen, zum Schloss zurückkehren, den Schleier wieder in Gang bringen, den Krieg mit den Eiscarls beilegen, das Untervolk befreien …"

„Ja!", unterbrach Crow die Aufzählung.

„Wie ich schon sagte, das Untervolk befreien und … ich habe meinen Gedanken-Lokomotor verloren."

„Die Sturmhirten!", unterbrach Crow ihn und zeigte in den Himmel. „Ich hoffe zumindest, dass sie es sind."

Tal und Milla drehten sich gleichzeitig um und breiteten die Arme aus. Zwei riesige Wolkengestalten zischten vom Himmel herunter und umarmten die beiden so innig, dass sie wieder umgefallen wären, wenn sie nicht beinahe von den wolkigen Armen zerquetscht worden wären. Odris weinte, was sich in einem Regenschauer äußerte, der auf ihre Köpfe niederging und Ebbitts Katze zur Seite springen ließ.

„Wir sind beinahe gestorben!", heulte Odris. „Und wir waren wieder auf dem alten Hrigga-Hügel und er hat versucht, uns zu fressen!"

„Ich möchte dir deinen Schatten gern zurückgeben", sagte Adras. „Ich hatte große Schmerzen."

„Ja", sagte Tal, drückte Adras' Arme weg und ging einen Schritt zurück. „Ich glaube, es wird Zeit, dass wir die Bindung zwischen uns auflösen. Wir sollten so in den nächsten Kampf ziehen, wie wir auch weiter leben wollen. Ohne Geistschatten oder gebundene Begleiter."

• KAPITEL • FÜNFUNDZWANZIG

„Es wird mir schwer fallen, die alte Katze gehen zu lassen", seufzte Ebbitt. „Aber ich verstehe, was du meinst."

„Oh, ich meinte eigentlich nicht deine …", begann Tal.

„Wir haben schon zu lange unterschiedliche Regeln für verschiedene Leute", sagte Ebbitt. Er beugte sich vor und kraulte seine grüne Katze am Hals. Sie schnurrte und bewegte den Kopf, damit er die besten Stellen erwischte. „Ich muss euch jungen Leuten doch mit gutem Beispiel vorangehen, oder nicht? Also, wie gehen wir vor?"

„Äh, ich weiß es nicht", sagte Tal. „Ich dachte, du wüsstest es vielleicht."

„Steht nicht im Lehrplan." Ebbitt seufzte wieder. „Finden und binden, das ist alles."

„Ich weiß es", sagte Malen leise. „Ihr benutzt eine Variation des Gebetes von Asteyr, um sie an euch zu binden. Das sehe ich an den Aenirern. Ich kann die Bindung zwischen Tal, Milla und den Sturmhirten rückgängig machen. Ich weiß nicht, ob ich es bei dir auch kann, Ebbitt. Die ... Katze ... hat sich damals widersetzt und die Bindung ist sehr alt und sehr stark."

„Dann mach es!", sagte Milla. Sie wollte unbedingt ihren alten Schatten zurückhaben. Es war ein Schritt in die Richtung, wieder ein normaler Eiscarl zu werden, ein Schritt, von dem sie niemals angenommen hatte, dass sie ihn hätte gehen können. Gleichzeitig jedoch hatte sie sich an Odris gewöhnt und die Sturmhirtin war eine gute und hilfreiche Begleiterin geworden. Wenn auch manchmal etwas enervierend.

„Stellt euch in einer Reihe auf", sagte Malen nachdenklich. „Nebeneinander."

Sie bildeten eine Reihe. Ebbitt kraulte noch immer den Hals seiner Katze. Tal bemerkte, dass sich in den Augen des alten Mannes Tränen bildeten, doch er sagte nichts. Auch Tal war traurig. Sein ganzes Leben lang hatte er sich einen mächtigen Geistschatten gewünscht, der ihm dabei helfen würde, einen hohen Platz im Schloss einzunehmen. Doch das alles gab es nicht mehr. Falls sie überlebten, würde eine neue Zeit anbrechen und es würde keinen Platz mehr für aenirische – oder menschliche – Sklaven geben.

Malen begann ihren Singsang, als sie schweigend vor ihr standen. Die Worte waren ihnen bekannt, denn wie Tal jetzt wusste, gehörten viele auch zum Gebet von Asteyr, allerdings mit einer anderen Betonung und einem anderen Rhythmus. Er spürte, wie die Worte tief in seinen Knochen nachhallten und ein zitterndes, fieberndes Gefühl durch seinen Körper sandten.

Der Singsang wurde schneller und schneller und Malen begann, in einem Kreis umherzugehen und aufzustampfen. Ungefähr alle zehn Worte betonte sie mit einem schwereren Stampfen, das Staub aufwirbelte.

Als Antwort auf das Gebet krochen Schatten langsam aus den drei aeninirischen Kreaturen. Es waren menschliche Schatten, die sich langsam über den Steinboden an die Fersen derer bewegten, die sie eigentlich warfen.

Malen rief das letzte Wort und verstummte plötzlich. Tal spürte, wie sich sein natürlicher Schatten mit ihm verband und wie die Bindung zu Adras sich vollkommen löste. Einen Augenblick war sein Kopf benebelt, so als wäre er erkältet. Dann wurde ihm klar, dass das Gespür für Wind und Wetter, das Adras ihm vermittelt hatte, verschwunden war.

Tal drehte sich zu Adras um und Milla zu Odris.

„Nun, das wäre jetzt erledigt“, sagte Tal kleinlaut. „Danke für alles, was du für mich getan hast, Adras.“

„Ich danke dir auch, Odris“, sagte Milla. „Ich hoffe, du nimmst es mir nicht übel, dass ich es dir manchmal nicht leicht gemacht habe. Lebe wohl.“

„Lebe wohl?“, fragte Odris. „Wir gehen ohne euch nirgendwo hin. Und ganz bestimmt kehren wir nicht zu unserem früheren Leben auf dem Hrigga-Hügel zurück. Viel zu langweilig.“

„Wir kommen mit und sehen zu, wie ihr gegen Sharrakor kämpft“, sagte Adras. „Wir werden euch helfen, wenn wir können, obwohl er der Überlord und all das ist.“

„Der Überlord?“, fragte Tal. Er war der Unterhaltung nur halb gefolgt, denn er hatte nebenbei Ebbitt beobachtet, wie er seiner Katze den nackten Hals darbot, vielleicht als Aufforderung, ihn zu beißen. Milla hatte es ebenfalls gesehen und ging bereits hin, um eingreifen zu können.

„Natürlich“, sagte Adras. „Der König von was auch immer. Hat Odris gesagt.“

„Was?“, fragte Tal. Er zuckte zusammen, als sich die grüne Katze nach vorn beugte und den Mund aufriss, wobei sie Zähne so weiß wie ihre Klauen, nur viel größer, zum Vorschein brachte. Würde sie Ebbitt töten, weil er sie so lange versklavt hatte? Milla kam noch einen Schritt näher und fuhr die Kralle aus.

„Deshalb mussten wir in der Dunkelwelt gehorchen“, sagte Odris. „Sharrakor kennt die Schwüre der meisten Aenirer aus den alten Zeiten, einschließlich der unserer Eltern. Aber wir müssen ihm nicht bei allem gehorchen. Zumindest glaube ich das.“

Die Katze leckte Ebbitt das Gesicht ab. Er schüttelte sich und fiel beinahe um, während die Katze davonsprang, ein grüner Blitz, der durch die Ruinen lief.

„Das hat mein Schattenwächter auch gemacht“, sagte Tal.

„Sie hat mich sechzig Jahre begleitet“, sagte Ebbitt. Er

seufzte, als Millas ihm half aufzustehen. „Also los, wir sollten uns auf den Weg machen, Kinder."

„Wohin?", fragte Tal. „Wo könnte Sharrakor sein? Und wie will er das Vergessen aufheben?"

Niemand antwortete ihm. An den Gesichtern sowohl der Menschen als auch Geistschatten war abzulesen, dass niemand die Antwort wusste.

„Ich weiß es nicht", sagte Milla. „Aber ich kenne jemanden, den wir fragen können."

„Wen?"

„Zicka das Kurshken", sagte Milla. „In der Kurshken-Ecke. Was auch immer das sein mag."

„Kurshken-Ecke?", fragte Odris. „Ich weiß, wie man dort hinkommt, es sei denn, sie wäre in letzter Zeit verlegt worden. Zumindest, wenn das hier Rorn ist. Müsste es aber eigentlich sein."

„Rorn?", fragte Tal.

„Rorn?", wiederholte Ebbitt.

Milla und Crow sahen in die entsetzten Gesichter der beiden Erwählten.

„Erwählten ist der Zutritt nach Rorn verboten", erklärte Tal. „Obwohl ich eigentlich nicht weiß, weshalb. Man hat uns einfach beigebracht, niemals dorthin zu gehen … hierher zu kommen."

„Es steht die Todesstrafe darauf", sagte Ebbitt. „Ich wollte es schon immer einmal sehen. Das muss es sein. Ich wusste immer nur, dass Rorn eine schwer gespickte Ruinenstadt ist."

„Gespickt?", fragte Crow.

„Gespickt mit Sonnenstein-Stangen", sagte Ebbitt. „Wie die Enklave der Erwählten. Um sie davon abzuhalten, sich immer unherzubewegen. Wenn wir ein paar dieser Stangen sehen, müsste dies Rorn sein. Ich würde gern wissen, was das einmal für eine Stadt war und wer hier gelebt hat."

„Natürlich Sharrakor", sagte Odris. „Das weiß sogar *ich*. Es war die Hauptstadt vor dem Vergessen. Sharrakors Volk lebte hier, bevor alle im Krieg umkamen. Er ist der einzige Überlebende."

„Das war eine Stadt der Drachen?", fragte Milla.

„Nein, Dummkopf", sagte Odris. „Sharrakor war nicht immer ein Drache. Er ist ein Doppelgänger. Oder vielleicht ein Trippelgänger. Ein Former. Er kann zwei oder drei verschiedene Formen annehmen, groß wie ein Drache oder klein wie ein Gedankenbohrer. Wie einer der ganz üblen, die dir ins Hirn steigen. Das haben die Former oft gemacht. So haben sie in alten Zeiten die Leute beherrscht."

„Warum hast du uns das nicht schon früher gesagt?", rief Tal. „Es wäre hilfreich gewesen zu wissen, dass Sharrakor im Schloss ein … Schatten-Gedankenbohrer … hätte werden können."

„Du hast mich nie gefragt", sagte Odris pikiert. „Und außerdem habe ich nie gehört, dass du den Namen Sharrakor erwähnt hast, also ist es *deine* Schuld und nicht meine. Und Adras weiß es nicht, weil er nie aufpasst, wenn ich ihm etwas beibringen will."

„Niemals!", sagte Adras stolz. „Viel zu langweilig."

Tal seufzte. Hätte er nur Odris und nicht Adras bei sich gehabt, als er die Imperatorin und den Hellen Vizier kennen gelernt hatte. Hätte er nur von Anfang an Odris an sich gebunden. Aber das hatte er in letzter Zeit oft gewünscht. Adras war Adras und Ebbitt war Ebbitt. Und beide hatten auch ihre guten Seiten.

„Lasst uns einmal davon ausgehen, dass dies hier Rorn ist", sagte Milla und brachte damit alle wieder zur Sache. „Wie weit ist es von hier zur Kurshken-Ecke, Odris?"

„Einen halben Tagesflug, vielleicht weniger", gab Odris mit einem Schulterzucken zurück. „Wenn sie nicht verlegt wurde."

„Drei oder vier Tagesmärsche", grübelte Milla. „Zu lange. Gibt es eine Möglichkeit für uns alle, zu fliegen?"

„Ich könnte Tal und noch jemanden tragen", erklärte Adras. Er ließ die Muskeln in seinen Wolkenarmen spielen. „Ich bin der Stärkste!"

„Ich kann nur Milla tragen", sagte Odris. „Wir könnten Ebbitt und Crow zurücklassen. Oder Malen."

„Nein", sagte Crow. „Das ist auch mein Kampf. Das Freivolk sollte ebenfalls repräsentiert sein."

„Wir können niemanden zurücklassen", sagte Tal. Er

dachte nach, während er sprach. Vielleicht gab es eine Möglichkeit, die Geistschatten effektiver einzusetzen. „Ebbitt, könnten wir nicht ein Boot aus Licht machen und es sozusagen ... mit einer Hand aus Licht versehen. Wenn wir das schaffen, könnten Adras und Odris die Hand ziehen oder schieben."

Ein leichtes Funkeln erschien in Ebbitts Augen. Aktionen wie diese gefielen ihm. Eine verrückte Idee, an die die meisten Erwählten nicht einmal denken würden.

„Du hast die Hälfte des Violetten Schlüsselsteins, der sehr mächtig ist", grübelte er. „Wenn wir das Gewebe aus Violett machen und Grün hineinweben ... blaue Verbinder ... ja, ja ... Worauf warten wir noch? Wir haben keine Zeit, um herumzustehen! Du fängst an, einen Kiel aus Violett zu machen und ich mache Planken aus Grün, vielleicht mit etwas Gelb ..."

Tal lächelte. Es war ein etwas gezwungenes Lächeln, aber es war ein Lächeln. Dann begann er, sich auf seinen Sonnenstein zu konzentrieren. Er und Ebbitt würden ein fliegendes Boot aus Licht bauen, angetrieben von Sturmhirten, das sie zur Kurshken-Ecke und noch weiter bringen würde.

• KAPITEL •
SECHSUNDZWANZIG

Die Kurshken-Ecke sah aus der Luft recht eigenartig aus. Es war ein riesiges, überflutetes Feld mit gewaltigen, gelbblättrigen Kugeln, die wie übergroße Versionen des Kohls aussahen, den die Erwählten in ihren unterirdischen Gewächshäusern züchteten. Doch hier waren die meisten kohlförmigen Gebilde so groß wie der Empfangsraum einer Familie der Erwählten und ein paar waren auch größer. Sie waren offensichtlich bewohnt, denn man konnte Kurshken sehen, die zwischen den Pflanzen hin und her gingen. Sie liefen durch das flache Wasser und über die vielen erhöhten Deiche, die das Feld durchkreuzten.

Nicht etwa, dass Tal viel Zeit gehabt hätte, sich alles genau anzusehen. Ihr fliegendes Boot, gebaut nach dem Vorbild von Asteyrs Orskir, erforderte all ihre Aufmerksamkeit, damit es in der Luft blieb – und nicht auseinander fiel. Es wurde von den beiden Sturmhirten an blauen Bändern gezogen, doch der eigentliche Auftrieb für das Boot kam von einem Lichthand-Zauber, den Tal oder Ebbitt mit ihren Sonnensteinen aufrecht erhalten mussten. Crow und Milla mussten ihnen von Zeit zu Zeit helfen, hatten aber nicht genug Übung, um sie abzulösen.

Wegen der ständig wechselnden Kräfte flog das Boot unregelmäßig schnell, abhängig von den Sturmhirten, deren Lage im Wind und ihrer eigenen Ausdauer. Manchmal gab es alarmierende Höhenschwankungen, als die Sonnenstein-Träger sich abwechselten und Kombinationen veränderten. Die Einzige, die sich keine Sorgen machte, war Malen, denn sie war eingeschlafen. Die Loslösung der Aenirer hatte ihren Tribut gefordert und sie hatte sich nicht länger wach halten können, obwohl sie so gern die Landschaft gesehen hätte, die sie überflogen, und die verschiedenen aenirischen Einwohner, denen sie in der Luft begegneten oder die sie auf dem Boden sahen.

Die Ankunft des fliegenden Bootes in der Kurshken-Ecke wurde von den Kurshken mit Aufruhr aufgenommen. Auch an Bord des Bootes brach Unruhe aus, als es mit einer holprigen Landung auf einem freien Platz neben einem der Deiche zu Boden ging. Sobald sie sicher gelandet waren, weckten Tal und Ebbitt Malen und alle standen auf, denn das Lichtboot löste sich bereits auf. Die Sturmhirten, befreit von den blauen Bändern, schwebten nach oben über die Köpfe der anderen.

Bevor irgendjemand aus dem knöcheltiefen Wasser auf

den Deich klettern konnte, waren sie von Scharen kniehoher grüner Echsen umgeben, von denen jede einen gespannten Bogen mit einem Pfeil auf sie gerichtet hatte. Die Pfeile hatten blaue Spitzen und sahen sehr giftig aus.

„Frieden!", rief Milla. „Wir sind Freunde von Quorr Quorr Quorr Quorr Ahhtorn Sezicka!"

Tal hielt den Mund. Er hatte gerade die Kurzform „Zicka" herausposaunen wollen, denn das war alles, was er vom Namen des Freundes erinnerte.

Die Erwähnung des Namens entspannte die Situation etwas. Die Kurshken senkten die Bogen, steckten aber nicht, wie Tal bemerkte, die Pfeile in die Köcher auf ihren schuppigen Rücken zurück. Er sah, wie sich in den hinteren Reihen ein paar Echsen umdrehten und davonflitzten. Sie liefen dabei auf dem Wasser, ohne wirklich einzutauchen.

Eine Echse, die zwei riesige Elfenbeinzähne in den Schulterteilen ihres aus Gras gewebten Panzers trug, kam näher und verneigte sich.

„Ich bin Quorr Quorr Quorr Quorr Quorr Jak-Quorr Jareskk Yazeqicka", verkündete die Eidechse mit einer Stimme, die tiefer war, als jemand vermuten würde, der noch nie einem Kurshken begegnet war. „Ihr könnt mich Yazeq nennen. Vier von euch glaube ich aus dem Bericht meiner Drittschwesters zweitverkuppelter Fünftgeburt zu kennen – den ihr Zicka nennt. Du bist, glaube ich Milla, du Tal und ihr seid die Sturmhirten Odris und Adras."

Alle verneigten sich in Erwiderung der Begrüßung. Adras stieß dabei beinahe mit Tals Kopf zusammen. Milla stellte Ebbitt, Malen und Crow vor.

„Kommt", sagte Yazeq mit einem besonders aufmerksamen Blick auf Ebbitt. „Ihr müsst müde sein. Ihr könnt in unserem Gast-Roro schlafen, das ihr auch Roroqqolleckechahen nennen könnt."

„Ich werde es Roro nennen", gab Ebbitt müde zurück. Tal nahm seinen Arm und sah seinen Großonkel besorgt an. Seit sein Geistschatten weg war, schien Ebbitt älter und müder geworden zu sein. Das – zugegebenermaßen leicht wahnsinnige – Funkeln in seinen Augen war weniger geworden und er sah blass aus. Das aenirische Leuchten war auf seinem Gesicht nicht auszumachen. Das fliegende Boot in der Luft zu halten, hatte Ebbitt auch viel mehr Kraft gekostet, als er zugeben würde, das sah Tal jetzt. Tal hatte ein schlechtes Gewissen, weil er die Kräfte, die Fähigkeiten und die Ausdauer seines Onkels für selbstverständlich gehalten hatte.

„Geht es dir gut, Ebbitt?", fragte Milla.

„Ich bin müde", gab der alte Mann zurück. „Sehr müde sogar. Das kommt davon, dass ich mehr als meinen Teil der Arbeit machen muss. Aber vielleicht ist Tal in Zukunft ja etwas weniger faul."

Tal runzelte die Stirn, aber er wusste, dass Ebbitt das nicht ernst gemeint hatte. Sein Großonkel war wirklich müde.

Das Roro stellte sich als eines der großen kohlförmigen

Gebilde heraus. Die äußeren, lebenden Blätter umschlossen einen festen, holzigen Kern, der ausgehöhlt und sehr komfortabel mit Teppichen und Tüchern aus verschiedenen Naturfasern ausgelegt war. Da es ein Gast-Roro war, standen außerdem mehrere große hölzerne Stühle und Trink-Hörner darin, die von Fingergröße bis zu einer Version variierten, die so groß war wie Tals Arm.

Als sie es sich in den Sesseln, auf Teppichen oder in der Luft bequem gemacht und Trink-Hörner in der jeweils passenden Größe mit Saft oder süßem Wasser in Empfang genommen hatten, teilten sich die Blätter vor der Tür, um einem weiteren Kurshken Einlass zu gewähren. Obwohl alle Kurshken sich ähnelten, kam dieses Tal und Milla sofort bekannt vor.

„Zicka!"

„Gewiss", sagte die Echse. „Willkommen in der Kurshken-Ecke, die wir in unserer Sprache …"

Ebbitt unterbrach ihn mit einem plötzlichen Hustenanfall. Tal hätte sich Sorgen gemacht, hätte er nicht das kaum merkliche Zwinkern in den Augen seines Onkels gesehen.

„Ich hatte nicht gedacht, euch so bald wiederzusehen", fuhr Zicka fort, als er sich ebenfalls setzte und ein Trink-Horn nahm. „Aber es freut mich zu sehen, dass ihr dem Wespenwyrm entkommen seid. Konntet ihr den Kodex an seinen rechtmäßigen Platz zurückbringen?"

„So ungefähr", gab Tal zurück und tauschte mit Milla einen Blick aus. „Aber jetzt haben wir ein größeres Problem.

Und wir hatten gehofft, dass ihr uns damit behilflich sein könntet."

Tal berichtete Zicka und Yazeq in Kürze und abwechselnd mit Milla – wobei beide die dauernden Einwürfe von Adras, Odris und Ebbitt ignorierten – über die Situation im Schloss und wie sie Sharrakor nach Aenir gefolgt waren, um ihn von der Aufhebung des Vergessens abzuhalten.

„Ihr seht also, wir müssen Sharrakor schnell töten", schloss Milla, als Tal gerade eine Pause machte. „Wir können nicht zulassen, dass er alle Aenirer freilässt und sie zurück in unsere Welt führt. Wir hatten gehofft, dass ihr uns sagen könnt, wo er sich aufhält."

Zicka und Yazeq sahen einander an und sprachen in einer schnellen Folge von Lauten miteinander, die zu verschmelzen schienen.

„Das sind beunruhigende Nachrichten", sagte Zicka. „Wir hatten angenommen, dass Sharrakor – oder Skerrako, wie er manchmal von unseren Vorfahren genannt wurde – noch immer unter den Ruinen von Rorn gefangen ist."

„Gefangen?", fragte Tal. „Wie das?"

„Er war von Asteyr in eine einzige Form gebunden worden. Sie starb dabei. Danir, Susir und Grettir überwältigten ihn", sagte Zicka. „Sie wollten ihn nicht töten, da er ihrer Meinung nach ein ehrenhafter Gegner war. Sie fesselten ihn in Ketten aus Ethren, dem goldenen Metall, weit unter den Ruinen seiner Stadt. Irgendjemand muss ihn befreit haben, obwohl es mich überrascht zu hören, dass sogar ein Former so lange leben kann."

„Ich nehme an, das waren die Imperatorin und ihr Bruder", sagte Tal und schüttelte den Kopf. „Sie suchten jemanden, der ihnen dabei helfen konnte, den Imperator Mercur zu stürzen."

„Er ist sicher nicht mehr so stark wie er einmal war", fuhr Zicka fort. „Und das ist gut so für uns andere, die frei blieben. Sharrakor wird nie vergessen, dass wir Asteyr und ihren Töchtern halfen – und übrigens auch Ramellan. Und er wird die Hilfe vieler haben, wenn er tatsächlich das Vergessen aufhebt und alle von ihren Bindungen befreit."

„Aber *wo* wird er das Vergessen aufheben?", fragte Milla.

„Es gibt nur einen Ort", gab Zicka zurück. „Den Weisen Khamsoul. Er lebt normalerweise in der Wüste einen Tag südlich von hier, aber ich werde in Erfahrung bringen, wo er zuletzt gesehen wurde."

Er rief etwas in seiner komplizierten Sprache und eine kleinere Echse steckte den Kopf in das Roro. Sie sprachen kurz miteinander, dann verschwand die andere Echse wieder.

„Der Weise Khamsoul ist wahrscheinlich das älteste Geschöpf in Aenir", sagte Zicka. „Er kennt alle Geheimnisse, alle Namen. Sharrakor braucht alle Namen derer, die an das Vergessen gebunden wurden, um sie zu befreien. Die Namen und eine Energiequelle."

„Was für eine Energiequelle?", fragte Milla.

„Der Violette Schlüsselstein würde genügen“, sagte Yazeq. „Oder die Hälfte davon.“

„Also müssen wir herausfinden, wo der Weise Khamsoul steckt“, sagte Tal. „Dann müssen wir dort hingehen und Sharrakor aufhalten.“

„Dort hingehen und ihn *töten*“, korrigierte Milla ihn. „Danir hätte ihn schon vor langer Zeit töten sollen.“

„Ihr solltet wissen, dass es da eine Schwierigkeit gibt“, sagte Zicka. „Eine sehr gravierende Schwierigkeit, wie ich befürchte.“

Alle sahen die kleine Echse an.

„Sharrakor wird sich *im* Weisen Khamsoul aufhalten.“

„Im Khamsoul?“, fragte Crow. „Was meinst du damit, *im* Khamsoul?“

„Der Weise Khamsoul“, erklärte Zicka, „ist ein Wirbelsturm. Ein Wirbelsturm aus Staub und Steinen.“

• KAPITEL • SIEBENUNDZWANZIG

„Ein Wirbelsturm?“ Tal schüttelte den Kopf. „Großartig.“

„Der Sturm selbst ist vielleicht nicht Teil des Weisen Khamsoul, sondern vielmehr eine Art Schutzhülle“, erklärte Yazeq. „Im Zentrum des Wirbels ist eine Steinsäule und manche behaupten, dass sie der Weise Khamsoul sei. Aber das weiß niemand mit Sicherheit.“

„Wenn Sharrakor in den Wirbelwind kann, können wir das auch“, sagte Milla.

Zickas Zunge zuckte aufgeregt aus dem Mund.

„Nein“, sagte er. „Euch würde das Fleisch von den Knochen gerissen werden. Es ist unmöglich, einzudringen, wenn es euch der Weise Khamsoul nicht gestattet. Und wenn Sharrakor bereits dort ist, wird der Weise Khamsoul diese Erlaubnis nicht erteilen. Er erlaubt niemals, dass mehr als ein Wesen gleichzeitig Rat sucht.“

„Es muss irgendeine Möglichkeit geben“, protestierte Tal.

„Eine Schildjungfrau denkt über alle möglichen und zu erwartenden Dinge nach und tut dann das Unmögliche und Unerwartete", sagte Odris plötzlich von oben. „Ich kenne einen Weg in den Weisen Khamsoul."

„Odris kennt einen Weg", sagte Adras mit einem schelmischen Grinsen.

„Wie?", fragten Tal und Milla gleichzeitig.

„Er ist ein Wirbelwind", sagte Odris. „Man fliegt nicht *in* einen Wirbelwind. Man fliegt darüber und dann in sein Auge."

„Aber der Weise Khamsoul ist kein normaler Wirbelwind", gab Zicka zu bedenken. „Er reicht bis ans Ende der Welt hoch, weit über die Wolken. Wie kann man dann über ihn gelangen?"

Odris rümpfte die Nase.

„Wir können höher als alles andere fliegen, wenn uns danach ist", sagte sie. „Höher und höher und höher und dann … tauchen wir direkt in das Auge des Sturms ein."

„Ich habe schon hohe Berge bestiegen", sagte Yazeq. „Mit der Höhe kommt die Kälte und es gibt kaum Luft, um zu atmen. Ihr Sturmhirten könnt vielleicht hoch fliegen, aber eure Begleiter würden sterben."

„Nein, würden wir nicht", sagte Milla. „Wir könnten Kugeln aus grünem Licht schaffen und uns mit unseren Sonnensteinen wärmen."

„Ich habe keinen Sonnenstein", sagte Malen leise.

„Du kannst meinen benutzen“, sagte Ebbitt. Er zog den Sonnenstein ab, den er an einem silbernen Fingerring trug und hielt ihn Malen hin. „Ich fürchte, ich kann euch nicht weiter begleiten, Kinder.“

Malen protestierte, und Tal wollte gerade etwas sagen, doch Ebbitt warf den Ring in Malens Schoß und hielt Tal seine Hand hin.

„Ich bin sehr alt und sehr müde“, sagte er bestimmt. „Und ich würde zweifelsohne mein Gebiss verlieren, wenn ich in irgendwelche Wirbelstürme tauchte – und mit ihm meine letzte Würde. Ich habe vollstes Vertrauen, dass ihr auch ohne mich mit Sharrakor zurecht kommt.“

„Du hast kein Gebiss“, sagte Tal.

„Das ist vollkommen irrelevant“, gab Ebbitt zurück. „Ich werde mich jetzt schlafen legen. Viel Glück.“

Damit rollte sich der Erwählte auf einem der dickeren Teppiche zusammen und schloss die Augen. Tal erwartete, dass nun seine bemähnte Katze heranschweben und sich neben ihn legen würde.

Milla und Malen schlugen langsam die Fäuste zusammen und machten dann ein Zeichen, das die anderen nicht kannten. Sie kreuzten die Handflächen übereinander und zeigten damit auf Ebbitt.

„Was war das?“, fragte Tal.

„Er bereitet sich auf seine Weise darauf vor, auf das Eis zu gehen“, sagte Milla. „Wir ehren ihn.“

„Er ist nur müde, das ist alles", sagte Tal trotzig. „Nur müde. Er wird nicht sterben. Crow, du kennst ihn doch. Er ist nur müde."

„Ja", stimmt Crow ihm zu, doch Tal wusste nicht, worin er ihm zustimmte. Der Freivölkler-Junge wich seinem Blick aus.

Tal sah zum Eingang des Roro hinaus. Er musste daran denken, wie oft er zu Ebbitt gegangen war und ihn um Hilfe und Rat gebeten hatte, oder einfach nur, um Schwierigkeiten aus dem Weg zu gehen. Zu Ebbitt war er gegangen, als sein Vater verschwunden war, als er einen Sonnenstein gebraucht hatte ...

Aber er durfte jetzt nicht in Trauer verfallen. Ebbitt mochte vielleicht beschlossen haben, zu sterben, doch das musste noch lange nicht heißen, dass es auch geschah.

„Zicka, kümmere dich bitte um meinen Großonkel", sagte er und sah wieder zu Milla, Malen und Crow. „Vielleicht ... vielleicht geht es ihm morgen früh wieder besser. Wenn wir zurückkommen."

Er versuchte die letzten drei Worte mit der Zuversicht eines Imperators zu sagen, doch sie klangen nicht so, wie er es gern gewollt hätte. Es hatte sogar eher so geklungen, als hätte er gemeint, *falls* sie zurück kämen.

Falls wir zurückkommen ...

„Wir sollten jetzt lieber einen vernünftigen Plan schmieden, wie wir vorgehen wollen", sagte Tal. „Adras, Odris, seid ihr bereit, einen Flug in das Auge des Wirbelsturms zu wagen?"

„Ja", sagte Odris. Sie stieß Adras an und er wiederholte ihre Antwort.

„Könnten wir mit einem Boot aus Licht hindurchstoßen?"

„Nein", sagte Odris. „Aber wir könnten eines mit über das Auge nehmen, dann kann ich zwei Leute tragen, wenn wir uns einfach nur fallen lassen."

Die Antwort der Sturmhirtin ließ einen Augenblick die Luft gefrieren. Jeder stellte sich vor, senkrecht ins Auge des Wirbelsturms zu stürzen – in einen Sturm, der höher als alle Berge war.

„Der Überraschungseffekt wird uns helfen", sagte Milla. „Wir werden Sharrakor angreifen können, bevor er bemerkt, dass wir da sind. Wenn wir es überhaupt schaffen, auf ihn zu *fallen* ..."

Eine Echse steckte den Kopf herein und murmelte etwas, bevor sie fortfahren konnte.

„Der Weise Khamsoul befindet sich tatsächlich in der Hrykan-Wüste", sagte Zicka. „Für einen von uns wären das zwei Tagesmärsche."

„Ein paar Flugstunden", sagte Milla. „Wir könnten dort sein, noch bevor die Sonne fällt. Wie nennt man diese Zeit?"

„Sonnenuntergang", gab Tal zurück.

„Eine gute Zeit für einen Angriff", sagte Milla zufrieden.

„Wir werden Sharrakor überraschen und ich werde ihm mit der Kralle die Kehle durchschneiden."

Zicka und Yazeq tauschten Blicke aus. Yazeqs Zunge zuckte seitlich aus seinem Mund.

„Bitte entschuldigt mich", sagte die ältere Echse und stand auf. „Ich muss mich noch um etwas kümmern."

„Wenn wir bei Einbruch der Dunkelheit dort ankommen, wäre es gut, wenn ich Malen ein paar Lektionen gebe, wie sie Ebbitts … *ihren* Sonnenstein benutzen muss", sagte Tal. „Ich glaube, wir sollten tatsächlich ein paar Luftkugeln machen. Es würde wohl nichts bringen, bis zum Morgen zu warten und bei Sonnenaufgang anzugreifen, oder?"

„Warten schürt Angst", sagte Milla. „Mut kommt mit Taten."

„Wir sollten es hinter uns bringen", fügte Crow hinzu.

„Ja", stimmt auch Malen zu. „Je länger wir warten, desto schwächer wird der Schleier."

Adras und Odris nickten zustimmend – große Schattenköpfe, die auf und nieder hüpften.

„Die Kurshken wünschen euch viel Glück", sagte Zicka. „Und Erfolg."

• KAPITEL •
ACHTUNDZWANZIG

Eine Stunde später verließen sie, im Sonnenlicht glitzernd, das Roro. Sie hatten Kugeln aus grünem Licht um die Köpfe und Malen zuckte immer wieder leicht zusammen, als Wärme von ihrem Sonnenstein über ihren Finger und von dort über ihren Körper floss.

Tal war überrascht, hunderte von Kurshken in dem Feld vor ihnen versammelt zu sehen. Als sie aus dem Roro kamen, stießen alle Echsen einen kehligen, tiefen Schrei aus und winkten mit ihren Bogen.

„Was ist das?“, fragte Milla, als vier Kurshken näher kamen, die eine mit eingemeißelten Ornamenten verzierte Steinkiste trugen. Sie knieten vor ihr nieder und boten ihr die Kiste dar.

„Wir geben etwas zurück“, sagte Zicka. „Bitte öffne die Kiste, Milla.“

Das Eiscarl-Mädchen hob den Deckel ab und reichte ihn

einem Kurshken, das sofort herbeigekommen war. Millas Hand verharrte über der Kiste und einen Augenblick konnte sie ihre Überraschung und Verwunderung nicht verhehlen, bevor sie wieder alle Gefühle hinter einer unbewegten Miene versteckte.

„Was ist da drin?“, fragte Tal und reckte den Hals.

Milla gab keine Antwort, sondern griff in die Kiste und holte einen kleinen, leuchtenden Fingernagel aus violettem Kristall heraus. Es war der Zwilling der Kralle, die sie schon trug. Milla schob die zweite Kralle über den Zeigefinger ihrer anderen Hand und spürte, wie sich das Band von selbst enger zog und die Kralle fest saß.

„Die andere Kralle von Danir“, flüsterte Malen überwältigt.

„Danir gab Ramellan eine“, sagte Yazeq. „Die andere ließ sie in unserer Obhut. Jetzt geben wir sie ihrer Tochters Tochters Tochters Tochter in der vierzigsten Generation zurück.“

„Das ist ein gutes Omen“, erklärte Milla und hob beide Hände so in die Höhe, dass die Krallen die Sonne einfingen und gold-violett glitzerten. „Jetzt werden wir Sharrakor besiegen!“

Die Kurshken jubelten und trommelten mit ihren Pfoten im Wasser, das in hohen Fontänen um sie aufspritzte. Milla und Tal liefen durch eine von platschenden und rufenden Kurshken gesäumte Allee hinab, hinaus auf das Feld, in dem sie gelandet waren und wo man ihnen einen Platz für die

Wiedererschaffung des fliegenden Lichtboots frei gehalten hatte.

„Bist du sicher, dass du es allein schaffst?“, flüsterte Milla, als Tal die Hand hob und sich auf seinen Sonnenstein konzentrierte.

Er nickte und begann mit der Arbeit. Bald schimmerte der Kiel des Bootes auf dem Wasser und die Rippen schoben sich halbrund in die Höhe. Gelbe Planken webten sich zwischen den Rippen und blaue Bänder reckten sich in den Himmel, wo sie von den wartenden Sturmhirten gegriffen wurden.

„Lasst uns gehen“, sagte Tal, ohne sich umzusehen. Er musste all seine Konzentration dem Boot und seinem Sonnenstein widmen.

Als alle an Bord waren, veränderte Tal die Ausrichtung der Kraft seines Sonnensteins so, dass er das Boot heben und gleichzeitig zusammenhalten konnte. Mit einem Satz sprang das Boot in die Luft, bevor die Sturmhirten an den blauen Seilen ziehen und dem Fahrzeug den ersten horizontalen Schwung versetzen konnten.

Unten platschten und trommelten die Kurshken noch lange den vier Helden, dem fliegenden Boot und den Sturmhirten hinterher, nachdem es schon außer Sicht war. Dann verließen sie die Kurshken-Ecke und machten sich zu verschiedenen Schlupfwinkeln und Zufluchtsorten auf, denn sie dachten sehr rational und vorausblickend. Und die Echsen hielten Wort, denn sie nahmen Ebbitt mit.

Es war ein langer Aufstieg in die höchsten Regionen der Atmosphäre, um über den Wirbelwind zu kommen, der entweder der Weise Khamsoul war oder ihn versteckte. Es wurde schnell kälter und die Luft wurde dünner, doch sie wurden von ihren Sonnensteinen gewärmt und von den grünen Kugeln am Leben erhalten. Tal war besorgt, dass die Kugeln vielleicht nicht halten würden, doch als sie höher stiegen und er neue, seltsame Dinge sah, vergaß er diesen Gedanken schnell.

Zunächst sahen sie, wie sich die Welt unter ihnen wegzubiegen schien. Sie war tatsächlich rund. Dann brachen sie durch die Wolken und kamen wieder in eine neue Welt, in der der Boden unter ihnen weiß und wolkig war und sich dauernd änderte. Sie stiegen über große Gebilde aus aufgetürmten Wolken und dann durch einen langen Hauch aus Weiß, den man gar nicht mehr als Wolke bezeichnen konnte.

In manchen Höhenlagen prügelte der Wind gnadenlos auf sie ein, nur um weiter oben vollkommen abzusterben. Die Sturmhirten konnten immer ein wenig die Richtung und die Intensität des Windes beeinflussen. Die Winde, die sie nicht beherrschen konnten, um- oder überflogen sie.

Milla sah den Weisen Khamsoul zuerst und zeigte darauf. Aus der Entfernung sah er aus wie eine Steinsäule, die durch ein permanentes, sehr großes Loch in den Wolken in den Himmel ragte, das das riesige Niemandsland um den Wirbelwind markierte. *Hier geht es nur auf eigene Gefahr weiter,* schien das Loch zu sagen. *Wer diese Linie überquert, wird vom wirbelnden Wind gefressen.*

„Wir sind schon so hoch und doch geht es immer noch weiter", sagte Milla. „Und dort unten liegen Sharrakor und unser Schicksal."

Ihre Augen leuchteten. Tal sah sie immer wieder kurz an, während er sich auf seinen Sonnenstein konzentrierte. Sie war wirklich eine Kriegsführerin, die in den Kampf zog. Er wusste, dass in seinen Augen kein solches Licht leuchtete. Er hatte nur Angst. Angst, dass er sterben und sie alle versagen würden. Dass Sharrakor sie töten und seine Armee aufstellen, zur Dunkelwelt zurückkehren und vollenden würde, was er begonnen hatte.

„Bald!", sagte Odris. „Höher, Tal! Höher!"

„Milla, Crow", sagte Tal und versuchte, seine Stimme so normal wie möglich klingen zu lassen. „Blaues Licht in den Kiel bitte. Malen, versuch, dich warm zu halten."

Milla und Crow gingen vom Bug zurück, von wo aus sie den Weisen Khamsoul beobachtet hatten. Sie riefen blaues Licht aus ihren Sonnensteinen und richteten es auf den Kiel. Tal verstärkte es mit Violett, das Boot schoss schnell nach oben und passte sich mit Leichtigkeit dem Steigflug der Sturmhirten an.

„Wird es wärmer?", fragte Malen plötzlich. „Oder kann ich besser mit meinem Sonnenstein umgehen?"

Für Tal war es so etwas wie Routine, sich mit seinem Sonnenstein zu wärmen, und so musste er sich konzentrieren, um festzustellen, wie viel Wärme er eigentlich mit seinem Stein produzierte. Jetzt stellte er überrascht fest, dass er ihn überhaupt nicht einsetzte, was er weiter unten mit Sicherheit getan hatte.

„Auf dieser Höhe wird es eine Weile wärmer sein“, rief Odris. „Aber das wird sich wieder ändern. Wir haben noch einen langen Weg vor uns.“

Sie stiegen schweigend eine weitere Stunde in die Höhe. Irgendwann dachte Tal wieder über die grünen Kugeln nach. Theoretisch konnte das grüne Leuchten Atemluft für ein paar Tage stiften, doch eigentlich wurden die Kugeln nie länger als eine oder zwei Stunden benutzt. Wenn eine der Kugeln jetzt versagte, konnte man nichts dagegen unternehmen. Sie hatten keine Luft um sich, die sie in die Kugeln pressen konnten.

Sie waren jetzt recht nahe am Weisen Khamsoul. Der leere Fleck in den Wolken lag weit unter ihnen. Sie waren nahe genug, um zu erkennen, dass der Wirbelsturm nicht aus dunklen Wolken, sondern aus festen Partikeln bestand, die nicht grau, sondern schwarz wie die Nacht auf dem Eis erschienen. Der Wirbelwind wurde durch Staub und Felsen und alles andere sichtbar, das er irgendwo aufgesammelt hatte. Alles wirbelte wild im Kreis, viel schneller als das fliegende Boot oder die Sturmhirten, wenn sie all ihre Kraft einsetzten. Alles, was der Sturm einsaugte, würde sofort zerstört werden. Das Fleisch würde von den Knochen gerissen und alle Feuchtigkeit in eine magische Wolke gesaugt. Menschen und Sturmhirten würden sofort sterben.

Der Wirbelwind war am oberen Ende breit, wie Tal erleichtert feststellte. Doch nach unten hin wurde er enger und enger und zog die Luft durch etwas an, das wie ein sehr enger Schlauch auf dem Boden aussah. Tal konnte nur hoffen, dass das Auge dort unten breit genug war, um sie unbeschadet durchzulassen.

„Höher!", rief Odris und einmal mehr flammten die Sonnensteine heller auf und das fliegenden Boot schoss nach oben.

„Wir sind jetzt höher als der Wirbelwind!", sagte Malen, die über die Reling spähte.

„Wir müssen noch höher", sagte Tal, der gerade erkannt hatte, was sie jetzt tun mussten. „Wenn wir das Boot auflösen, müssen die Sturmhirten zuerst unter uns fliegen und uns auffangen, bevor wir von der Bahn abkommen und in … in dieses Ding gesaugt werden."

Er zeigte über die Reling und alle sahen in den wilden Strudel aus Dunkelheit.

„Jetzt!", rief Odris, als das Boot das Zentrum des Wirbelsturms überquerte. Die Öffnung vom Trichter des Strudels lag jetzt vielleicht fünfhundert Spannen unter ihnen. Adras und sie hielten die blauen Bänder noch unter Spannung, damit der Wind sie nicht wegwehen konnte.

„Jetzt geht es los“, sagte Tal. Seine Kehle war so trocken, dass die Worte in einem kurshkenhaften Krächzen hervorkamen. Sein Herz hämmerte so schnell, dass es sich anfühlte, als würde es in seinem Brustkorb umherwandern.

„Tal, Milla“, sagte Crow plötzlich, als sie alle tief Luft holten. „Wenn irgendetwas ... wenn ich nicht überlebe ... denkt an das Untervolk. Denkt an seine Freiheit.“

„Ich schwöre es“, sagte Milla. Sogar ihre Stimme klang belegt und eigenartig.

„Ich werde daran denken“, flüsterte Tal. „Seid ihr alle bereit? Odris? Adras?“

„Ja!“, kam die Antwort im Chor von Freivölkler, Eiscarls und Sturmhirten.

„Los!“, rief Tal.

Er feuerte einen violetten Strahl ab, der das Lichtboot um sie auflöste. Eine Zehntelsekunde stürzten sie viel zu schnell auf den Wirbelsturm zu. Die Sturmhirten drehten um und rasten so schnell nach unten, wie sie noch nie in ihrem Leben geflogen waren.

• KAPITEL • NEUNUNDZWANZIG

Als Tal fiel, überkam ihn eine eigenartige Ruhe. Er war schon einmal, in einer anderen Welt, in Dunkelheit und Kälte gefallen. Damit hatte alles begonnen und vielleicht war dies nun das Ende. Wie auch immer es ausging, es würde in jedem Fall das Ende sein. Vielleicht würde Adras ihn nicht auffangen und er würde zu Tode stürzen. Oder der Wind würde ihn aus dem stillen Auge in die Reichweite des tödlichen Wirbels um den Weisen Khamsoul wehen. Oder Sharrakor würde nur lachen und ihn sofort umbringen. Aber er hätte dann sein Bestes gegeben. Sein Vater und seine Mutter, das wusste er, würden stolz auf ihn sein. Und nicht nur seine Eltern. Er hatte viele großartige Taten vollbracht, so wie in den Liedern über die Schwert-Thanen der Eiscarls, die immer damit endeten, dass ihre Helden tot nach Hause gebracht wurden – natürlich, nachdem sie den Feind besiegt hatten. Deshalb musste er Sharrakor besiegen …

Als Milla stürzte, dachte sie daran, was wohl als Nächstes geschehen würde. Sie zweifelte nicht daran, dass Odris sie auffangen würde, denn die Sturmhirtin konnte schneller fliegen, als irgendetwas fallen konnte. Milla machte sich eher Sorgen wegen Sharrakor. Er hatte sie im Schleiersaal mit einem Angriff überrascht, dem sie nichts entgegenzusetzen gehabt hatte. Was wäre, wenn er noch mehr Tricks und geheime Waffen auf Lager hatte? Welche Taktiken – außer vom Himmel zu fallen – konnte sie schon benutzen?

Crow fiel schweigend, in Gedanken vertieft, die sich wie immer um die Befreiung seines Volkes drehten. Fashnek gab es nicht mehr, dafür aber den Saal der Albträume. Die Erwählten würden von den Eiscarls besiegt werden und er vertraute den Eiscarls, dass sie ihr Wort halten würden. Doch die größte Gefahr für das Untervolk war das Untervolk selbst. Sie hatten so lange als Diener gelebt, dass es schwer für sie sein würde, in der neu gewonnenen Freiheit zu leben. Aber die Freivölkler konnten ihnen helfen, wenn Sharrakor nicht gewinnen und sie alle umbringen würde. Vielleicht, so dachte er, brauchte das Untervolk vor allem etwas, an das – oder jemanden –, an den sie glauben konnten. Damit sie wussten, dass ein Untervölkler mit jedem Erwählten auf derselben Stufe stand …

Malen fiel mit der mentalen Disziplin einer Crone. Sie verdrängte jeglichen Gedanken aus ihrem Verstand und funktionierte nur noch als Berichterstatterin. Dies war ein Erlebnis, das alle Cronen würden teilen wollen, und sie bedauerte nur, dass sie die anderen nicht erreichen konnte, um es ihnen sofort zu übermitteln. Aber wenn sie überlebte, würden viele in ihren Erinnerungen umhergehen wollen, um Aenir zu sehen und vierzigtausend Spannen tief in das Auge eines Wirbelsturms zu fallen …

Als Nächstes fühlten alle vier überwältigende Erleichterung, als sie von starken Wolkenarmen an ihren Hüften gepackt wurden. Sie fielen zwar immer noch, jetzt aber nicht mehr ungebremst. Adras hielt Tal unter dem einen und Crow unter dem anderen Arm und Odris drückte Milla und Malen dicht an ihre Brust.

Das Brüllen der vorbeirasenden Luft und das konstante Getöse des Wirbelsturms machten jede Unterhaltung unmöglich, auch wenn sie es gern anders gehabt hätten. Immer wieder keuchte einer von ihnen auf, als sie beim Blick nach unten den Eindruck bekamen, dass sich das Auge des Sturmes zu eng zusammengeschlossen hatte, um sie hindurchzulassen. Doch ein paar Sekunden später stellten sie fest, dass das eine Einbildung gewesen war. Das Auge wurde tatsächlich enger, doch es hatte dabei noch immer einen Durchmesser von mindestens hundert Spannen, was von weit oben nicht sehr breit aussah.

Sie fielen so lange, dass es letztlich eine Überraschung war, als sie den Steinturm sahen, das Herz des Weisen Khamsoul, und darunter Wüstensand. Tals Ruhe verschwand sofort und wurde von Panik abgelöst. Das Dach des Turms war zwar flach, doch es war nicht größer als das Deck eines Eisschiffs. Und darauf mussten sie landen.

Der Landeplatz kam mit schrecklicher Geschwindigkeit näher. Tal sah einen hellen Umriss darauf, einen glänzenden Punkt, der aus dieser Entfernung nicht genau zu identifizieren war, doch er wusste, dass es Sharrakor war. Der Fleck wurde größer und schärfer und wurde zu einem Drachen – einem Drachen, der wie ein Spiegel das wenige Sonnenlicht reflektierte, das von oben durch den Wirbelsturm schien.

Alle vier schrien in den letzten Sekunden, begleitet von den donnernden Rufen der Sturmhirten. Tal schrie in einer Mischung aus Angst und Zorn, Milla stieß einen Kriegsschrei aus, Crow schrie für sein Volk und Malen wusste nicht einmal, dass sie schrie.

Sie schlugen härter als erwartet auf dem Dach des Turms auf. Tal fiel zu Boden, rollte sich ab und blieb knapp vor dem Rand des Daches liegen. Milla landete auf den Füßen. Die beiden Krallen waren bereits in Form von Lichtpeitschen ausgefahren, die an ihren Fingern zuckten. Auch Crow kam gut herunter und er hielt seinen Sonnenstein schon in der Hand. Malen schlug auf einem Knie auf und rollte sich sofort zusammen, um das Knie mit den Händen an sich zu pressen. Doch das hielt sie nicht davon ab, sofort mit dem Gebet von Asteyr zu beginnen. Sie sah dabei geradewegs den Drachen an, der am anderen Ende des Daches aufragte.

Sharrakor rief noch eine Sekunde Namen in den Strudel

hinein. Die Hälfte des Violetten Schlüsselsteins, die in seiner riesigen Klaue winzig wirkte, pulsierte dabei.

Milla schoss nach vorn, als Sharrakor sich umdrehte. Sie schlug mit den Krallen zu und wollte mit den beiden Lichtpeitschen die Vorderläufe des Drachens treffen. Doch Sharrakor schlug mit den Flügeln und erhob sich über sie. Sein Violetter Schlüsselstein blitzte rot auf.

Tal setzte sich auf und baute einen Schild der Diskontinuität zwischen Milla und Sharrakor auf. Einen Sekundenbruchteil später zuckte ein roter Blitz aus Sharrakors Stein, traf auf den Schild und verschwand.

Sharrakor stieg höher, als Milla erneut mit den Peitschen zuschlug. Ihr Doppellasso aus Licht verfehlte den Schwanz des Drachen nur knapp. Crow feuerte einen Roten Strahl der Zerstörung auf Sharrakor ab und Tal tat dasselbe, doch beide Strahlen trafen auf einen schillernden blauen Abwehrschirm, den Tal nicht kannte. Er wechselte zu einem Strahl aus purem Indigo, doch auch der wurde abgewehrt und Sharrakor stieg noch höher, bis er außerhalb der Reichweite von Crows Sonnenstein war. Tal erkannte, dass sein Wissen um Lichtmagie nicht ausreichen würde.

Die Sturmhirten flogen dem Drachen hinterher und brüllten dabei wütend. Tal konnte nicht verstehen, was sie sagten, aber Sharrakors Stimme war klar und deutlich zu hören. Sie übertönte das andauernde Dröhnen des Wirbelsturms, der sie alle umgab.

„Emechis! Gheshthil arrok Adras! Gheshthil arrok Odris!“

Die Sturmhirten schrien auf. Beide verloren die Orientierung und hingen einen Moment in der Luft. Dann fielen sie herunter, als wären sie aus Stein anstatt aus Wolken. Im Fallen wurden sie seitwärts von dem Wirbelsturm angezogen – ins sichere Verderben.

„Nein!“, rief Tal. Er hob seinen Sonnenstein und sandte zwei schillernde Wolken aus Violettem Licht los. Sie umgaben Adras und Odris eine Sekunde, bevor die beiden Sturmhirten gnadenlos in die wirbelnde Wand aus Trümmern gesaugt wurden. Die violetten Hüllen waren noch einen Moment zu sehen, dann waren sie verschwunden.

Tal hatte keine Ahnung, was er überhaupt getan hatte, ob es funktioniert hatte und ob Adras und Odris überlebt hatten. Er hatte auch keine Zeit, darüber nachzudenken, denn Sharrakor feuerte einen Strahl aus Indigo in den Wirbelsturm, packte damit einen gigantischen, kantigen Felsblock und ließ ihn auf seine Gegner zufliegen.

Einmal mehr reagierte Tal instinktiv. Er schuf sofort eine Hand aus Licht aus purem Violett und versuchte, das Geschoss wegzuschlagen. Im gleichen Moment traf Crow es mit einem Roten Strahl der Zerstörung. Aber die Hand war zu schwach, lenkte den Felsen kaum ab und der Rote Strahl kratzte nur an dessen Oberfläche.

Der große Stein schlug am Rand des Daches ein und zerplatzte in tausende tödliche Schrapnelle. Alle warfen sich zu

Boden und Tal schaffte es erst in letzter Sekunde, einen Schild der Diskontinuität aufzubauen. Obwohl sie nicht getroffen wurden, hatte Sharrakor sie mit dem Geschoss abgelenkt.

Der Drache war mit angelegten Flügeln hinter dem Felsen hinabgestürzt und hatte erst im letzten Moment abgebremst. Er traf Tal mit einer seiner Vorderklauen in den Rücken, als der Erwählte Junge gerade wieder aufstehen wollte. Milla schlug er mit einem Hieb seines gewaltigen Schwanzes nieder. Crow schaffte es, sich aus der Reichweite der anderen Klaue zu rollen und Malen wurde einfach ignoriert – sie saß am Rand des Daches und sprach noch immer tapfer das Gebet von Asteyr.

Tal spürte, wie ihm das Blut den Rücken hinablief, als er versuchte, sich umzudrehen. Aber Sharrakor war zu schnell. Als der Erwählte Junge es geschafft hatte, wieder aufzustehen und gerade die Hand hob, kam die Klaue erneut herabgesaust und nagelte ihn auf dem Felsboden fest. Auch Milla war gefangen, von dem sich immer enger um sie schließenden Schwanz des Drachen. Die beiden Krallen von Danir waren so dicht an ihrem Körper, dass sie sie nicht einsetzen konnte.

Crow lief gebückt unter den Körper des Drachens und feuerte aus kürzester Entfernung einen Roten Strahl ab. Doch der Strahl prallte an den spiegelartigen Schuppen des Drachens ab und Sharrakor lachte. Seine gewaltigen Kiefer schnappten nach Crow, der furchtlos einen Roten Strahl nach dem anderen ins Maul der Kreatur feuerte.

Als der Drache zuschnappte, duckte Crow sich weg. Die furchtbaren Kiefer schlossen sich. Die Kapuze von Crows Robe geriet dazwischen. Sharrakor hob den Jungen hoch, warf seinen Kopf zurück und schleuderte Crow in hohem Bogen über den Rand des Daches.

Tal schloss die Augen. Doch einen Augenblick später riss er sie überrascht wieder auf, als sich Malens Stimme zu einem Schreien steigerte. Sie sprach die letzten Worte des Gebetes von Asteyr und mit einem Mal verschwand das Gewicht auf Tals Brust.

Der Drache war verschwunden und an seiner Stelle stand ein Mann. Oder vielmehr eine menschenähnliche Kreatur, denn seine Haut bestand noch immer aus den spiegelnden Schuppen und seine tiefschwarzen Augen waren die von Sharrakor. Er hielt den halben Violetten Schlüsselstein in der Hand, mit dem er in lässiger Geste einen Roten Strahl der Zerstörung auf Malen abfeuerte. Der Strahl traf sie in dem Moment an den Beinen, als sie gerade mit einem Stein in der Hand auf ihn loslief, und sie fiel am Rand des Daches zu Boden.

„Wie ungeschickt“, sagte Sharrakor. Er ging zu der Crone hinüber und hob den Stein erneut. „Lass mich frei, Crone, damit ich wieder meine größere Form annehmen kann, und ich lasse dich leben.“

„Nein“, sagte Malen. Sie wollte noch etwas sagen, doch Sharrakor setzte einen Fuß auf ihre Kehle.

Tal versuchte, die Hand zu heben und seinen Sonnenstein auf Sharrakor zu richten, doch ein vertrauter Schmerz hinderte ihn daran. Sein Arm war wieder ausgekugelt und damit nutzlos.

„Milla!", schrie Tal. „Töte ihn!"

Aber Milla lag bewusstlos – oder tot – zwanzig Spannen entfernt auf dem Boden. Sharrakors Schwanz hatte aus ihr den letzten Atem herausgepresst.

Tal griff mit seinem gesunden Arm auf die andere Seite, zog seine schlaffe Hand über die Brust und begann, den Sonnenstein-Ring abzuziehen. Diese Bewegung erregte Sharrakors Aufmerksamkeit. Er nahm seinen Fuß von Malens Hals und drehte sich mit seinem rot blitzenden Sonnenstein um.

Tal schrie vor Schmerz auf, als er seine lahme Hand nach oben riss, damit er seinen Sonnenstein sehen konnte. Er konzentrierte sich auf Violett und bildete einen Schild, als Sharrakors Roter Strahl einschlug.

Der Strahl prallte ab. Durch das violette Leuchten des Schildes sah Tal, wie Sharrakor zur Seite ging. Der Erwählte Junge ignorierte den Schmerz in seiner Schulter und rollte sich in dieselbe Richtung. Er hatte seinen Schild ebenfalls herumgedreht, als der nächste Rote Strahl einschlug.

Sharrakor lachte und ging wieder in die andere Richtung. Tal stöhnte vor Schmerz und Verzweiflung. Sharrakor spielte mit ihm. Er bewegte sich so schnell, dass Tal nichts weiter tun konnte, als sich zu verteidigen. Aber er musste etwas unternehmen. Er war als Einziger noch übrig.

Dann sah Tal, wie Milla sich leicht bewegte. Sie drehte ganz langsam den Kopf, damit sie sehen konnte, was Sharrakor machte. Und sie sah etwas hinter ihm …

In diesem Augenblick verlor Tal die Konzentration und die Intensität seines Schildes schwankte. Sharrakor feuerte sofort einen Roten Strahl ab und lachte erneut, als es Tal gerade noch gelang, den Schild wieder zu verstärken.

Doch in dem Augenblick, in dem er nicht völlig konzentriert gewesen war, hatte Tal etwas gesehen, das ihm Hoffnung machte. Crow war über den Rand des Daches hochgeklettert und kauerte jetzt genau hinter Sharrakor. Der Freivölkler-Junge hielt etwas in der Hand, doch es war zu klein für ein Messer und seinen Sonnenstein sah Tal nicht.

Crow kroch langsam auf Sharrakor zu. Tal stöhnte wieder, dieses Mal lauter, um Sharrakor abzulenken. Wenn sich der Aenirer jetzt umdrehte, würde er Crow niederschießen, bevor der irgendetwas unternehmen konnte.

Crow war noch drei Schritte entfernt … zwei … Tal sah, wie Milla bereit war … ein Schritt … Tal löste seinen Schild auf und schrie, Milla sprang – ebenfalls schreiend – auf die Füße. Crow sprang seinen Gegner an, legte seine Beine um dessen Hüfte und seinen Arm um den Hals, während er mit der freien Hand eine kleine Flasche in Sharrakors Gesicht schlug. Die Flasche zerbrach und eine dunkle Flüssigkeit spritzte umher.

Tal starrte fassungslos hin, als die durchsichtige Flüssigkeit an Sharrakors Gesicht herablief, und wunderte sich kurz, was Crow eigentlich getan hatte. Dann erkannte er den üblen Gestank des Höhlenschaben-Giftes wieder, das bei Berührung tödlich wirkte. Aber war es in Aenir ebenfalls giftig?

Tal erhielt die Antwort in Form eines Schreis von Sharrakor. Es war ein Schrei, der jedes andere Geräusch übertönte, der immer lauter und lauter wurde, bis Tal den Finger in ein Ohr stecken und das andere auf den Steinboden pressen musste, um den Lärm auszublenden. Milla presste die Hände gegen die Ohren, wobei ihre Krallen wirre Bänder aus Licht um ihren Kopf zucken ließen.

Der Schrei brach so schnell ab, wie er begonnen hatte. Sharrakor kratzte verzweifelt an seinem Gesicht, während er und Crow schwankend am Rand des Daches standen. Doch Sharrakor musste mit dem Gift kämpfen und der Freivölkler-Junge nicht. Er kämpfte nur darum, den Sonnenstein aus Sharrakors Hand zu bekommen, und als er ihn schließlich hatte, warf er ihn Tal zu.

Der Sonnenstein flog durch die Luft und Crow warf seine Arme zurück. Er hatte noch immer die Beine um Sharrakors Hüften geklemmt und die beiden standen schwankend am Rand des Abgrunds. Ein Bild, das Tal nie vergessen würde.

Dann fielen sie und Crows letzter Schrei riss ab, als das Gift seine tödliche Wirkung entfaltete.

„Freeeeiheit! Frei…“

• KAPITEL • DREISSIG

Tal kroch bis zum Rand des Turmes und schaute nach unten. Weit unten auf dem roten Wüstensand sah er einen dunklen Fleck, der noch immer um etwas geschlungen war, das glänzte und glitzerte.

Milla beugte sich über ihn und griff nach seinem Handgelenk und seinem Ellbogen. Tal biss die Zähne zusammen, konnte aber einen Schrei nicht unterdrücken, als sie seinen Arm wieder in das Schultergelenk drückte.

„Er war tapfer", sagte Milla dann leise. „Tapfer wie die Eiscarls und die Schwert-Thanen in den Legenden."

„Der Führer des Freivolks", flüsterte Tal. „Er hat uns alle gerettet. Mit Höhlenschaben-Gift …"

Er begann zu lachen, doch das Lachen wurde zu einem Weinen, einem Weinen, das seinen ganzen Körper erfasste, bis er sich irgendwann wieder unter Kontrolle hatte. Dann fühlte er sich müde. Müder als jemals zuvor. Er wollte sich nur noch hinlegen und jahrelang schlafen. Sie hatten Sharrakor besiegt. Sollte jetzt doch jemand anderes übernehmen …

Doch sie ließen ihn nicht liegen. Milla half ihm auf und schleppte ihn dorthin, wo Malen lag. Sie war so ruhig, dass Angst Tal wieder zu übermannen drohte.

„Ist sie …?"

„Sie lebt", gab Milla zurück. „Sie ist an der Kehle verletzt und sie hat Verbrennungen, aber ich habe heilendes Licht angewandt. Sie wird bald aufwachen."

Tal sah sie an. „Ein Untervölkler besiegt ein Monster, ein Eiscarl beherrscht Lichtmagie", sagte er. „Und ein Erwählter weiß nicht, was er tun soll – außer nach Adras und Odris schauen. Aber wie kommen wir aus diesem Wirbelwind heraus?"

„Wir müssen zum Schloss zurückkehren", sagte Milla. „Der Schleier muss gerettet werden und zwischen unseren Völkern muss Friede einkehren. Das ist jetzt unsere Aufgabe."

„Ja", gab Tal zurück. „Und wir müssen das Untervolk befreien."

Er sah zu dem halben Schlüsselstein, den Crow ihm zugeworfen hatte, und schob ihn an den Finger, an dem er Millas andere Hälfte des Steines trug. Als die beiden Sonnensteine zusammentrafen, gab es einen intensiv violetten Blitz und ein stechender Schmerz durchfuhr Tals Finger. Der Ring war wieder komplett, die Sonnensteine waren verschmolzen.

„Du kannst uns doch helfen, von hier zum Schloss zurückzukehren, oder nicht?“, fragte Milla.

Tal hörte sie nicht. Er starrte auf den Violetten Schlüsselstein und war vollkommen in dessen Tiefen verloren.

Milla klopfte ihm auf den Rücken und wiederholte ihre Frage.

„Was? Nein. Das heißt, ich weiß es nicht ...“, begann Tal. Dann hielt er inne, um darüber nachzudenken und war erstaunt über seine enorme Zuversicht, *dass* er sie von überall in Aenir zurückbringen konnte. „Ja. Ich glaube, wir können von hier aus übertreten. Weck Malen auf. Ich gehe ... nur ein wenig spazieren.“

Milla runzelte die Stirn. Man konnte auf dem Dach dieses Turmes nirgendwo hingehen. Doch sie beugte sich hinunter und zog Malen an sich. Milla zuckte zusammen, als ihre gequetschten Rippen und ihr geschundener Rücken schmerzten.

Tal ging noch einmal zu der Stelle, an der Sharrakor gestanden hatte, an den Rand des Daches. Der Stein war an dieser Stelle glatt wie Glas abgewetzt, so als hätten schon viele Füße dort gestanden. Dieser Boden konnte bei Nässe sicher sehr heimtückisch sein, Tal nahm jedoch an, dass es im Herzen eines Wirbelsturms niemals regnete.

„Khamsoul!“, rief er. „Ich muss etwas fragen!“

Das Geräusch des Wirbelsturms änderte sich zwar nicht, doch Tal glaubte, eine ruhige Stimme darüber hinweg zu hören. Eine alte, freundliche Stimme, die langsam sprach und gleichzeitig sanft und leicht amüsiert klang.

„Natürlich musst du etwas fragen, Tal Graile-Rerem, Imperator der Erwählten des Schlosses. Ich werde dir eine Frage und eine Antwort gewähren."

„Hast du Adras und Odris umgebracht?"

„Ich töte meine Kinder nicht", hauchte der Weise Khamsoul. „Auch nicht meine Kindes-Kindes-Kindeskinder nach all den unzähligen Jahren. Sie leben und kennen jetzt ihre Vorfahren. Du darfst noch eine Frage stellen."

„Hätte … hätte ich etwas anders machen können?", fragte Tal. „Hätte es einen Weg gegeben, alles besser zu machen? Um Sharrakor zu besiegen, ohne Crow … ohne dass Crow gestorben wäre oder Jarek oder vielleicht Ebbitt … oder all die anderen Menschen und Aenirer?"

„Das kann ich nicht beantworten", flüsterte der Wirbelsturm. „Ich kann nur sagen, was ist und was war, aber nicht, was gewesen sein könnte oder sein wird. Du darfst noch eine Frage stellen."

Tal starrte auf den Wirbelsturm hinaus.

„Wer hat den Krieg zwischen unseren Welten begonnen?", fragte er.

„Welchen Krieg?", seufzte der Weise Khamsoul. „Welchen Krieg? Es hat so viele Kriege gegeben. Und sogar ich weiß nicht, wie sie alle begannen."

Tal schwieg.

„Ich habe nicht geantwortet. Du darfst noch eine Frage stellen."

„Nein", sagte Tal langsam. „Ich weiß nicht, was ich noch fragen soll. Ich werde eines Tages zurückkehren, wenn du es gestattest."

„Du darfst kommen", sagte der Weise Khamsoul. „Ich werde da sein."

Tal drehte sich um und ging zurück zu Milla und Malen. Eine Minute später leuchteten die Sonnensteine und drei Stimmen sprachen den Weg in die Dunkelwelt. Ein Regenbogen blitzte auf und der Turm des Weisen Khamsoul war wieder leer.

EPILOG

Das Große Tor des Schlosses war seit über tausend Jahren versperrt gewesen. Jetzt stand das riesige Tor aus goldenem Metall für die Dunkelwelt auf der anderen Seite offen. Aber es war nicht dunkel, denn im Saal des Willkommens leuchteten tausende von Sonnensteinen und draußen auf der Straße gab es noch viel mehr Sonnensteine, hunderte von Mottenlaternen und zahlreiche ölgetränkte Fackeln mit blauen Flammen.

Tal stand vor einer Menge aus Erwählten und Freivölklern. Anstatt in Violett war er in eine einfache, weiße Robe gekleidet. Doch der Violette Schlüsselstein an seiner Hand badete ihn in einer leuchtenden Farbe. Tals natürlicher Schatten fiel hinter ihm auf den Boden. Überhaupt flackerten in dem unsteten Licht nur noch natürliche Schatten hinter und unter den Versammelten, obwohl es im Schloss noch ein paar Erwählte und ihre Geistschatten gab, die sich der neuen Zeit nicht anpassen wollten – und noch ein paar freie Geistschatten.

Tal gegenüber, vor einer Gruppe von Eiscarls, stand Milla. Die Krallen von Danir leuchteten violett an ihren Fingern und die Krone auf ihrem Kopf war frisch poliert. Ihre Selski-Panzerung war repariert und gereinigt worden und ein Merwin-Horn-Schwert hing wieder an ihrer Seite. Außerdem trug sie einen indigofarbenen Sonnenstein, der größer war als die Hälfte des Violetten Schlüsselsteins, den sie aufgegeben hatte.

„Lebe wohl, zumindest für eine Umrundung", sagte Milla und schlug vor Tal die Fäuste zusammen. „Oder vielleicht länger. Es gibt viel zu tun."

Tal nickte verständnisvoll. Obwohl sie den Schleier gerettet hatten, war er eine Zeit lang geschwächt gewesen. Die Temperatur hatte sich verändert, was sowohl Auswirkungen auf das Eis als auch das Wetter gehabt hatte. Das Zugmuster der Selski-Herden hatte sich verändert und viele Konflikte zwischen den Eiscarl-Clans ausgelöst, die ihre gewohnten Wege und Jagdgründe hatten aufgeben müssen. Wie immer entschieden die Cronen über jeden Streit, doch jetzt baten sie Milla bei ihren Entscheidungen um Hilfe. Sie führte daher eine besondere Einheit von Schildjungfrauen und Cronen an, die auf der Welt umherzog und über neue Gebietsrechte entschied.

„Ich habe auch viel zu tun", seufzte er. Trotz des Zusammenbruchs des alten Herrschaftssystems hatte ihn die große Mehrheit der Erwählten zum Imperator ernannt. Das Freivolk wurde jetzt von Crows Bruder Bennem angeführt, den die Cronen geheilt hatten. Es hatte Tals Ernennung unter der Bedingung zugestimmt, dass Tal Imperator des Schlosses und nicht nur Imperator der Erwählten genannt wurde.

Tal, der sein Wort Crow gegenüber halten wollte, hatte vorerst akzeptiert. Jetzt lag es an ihm, die neue Form des Zusammenlebens zu regeln. Es war eine schwierige Aufgabe, denn im Schloss gab es noch viele rebellierende Erwählte und solche, die dem Müßiggang frönten und sich keinen sinnvollen Aufgaben widmen wollten. Und dann waren da noch Untervölkler, die sich Veränderungen nicht vorstellen konnten, und Freivölkler, die voller Bitterkeit verlangten, dass die Erwählten ihnen nun zur Strafe für die Vergangenheit dienen sollten.

„Ich wünschte, Ebbitt …", begann Tal, doch er wurde von einem eher dünnen, gebeugten Eiscarl unterbrochen, der Schwierigkeiten mit seiner Gesichtsmaske zu haben schien.

„Du wünschtest was?", fragte der Eiscarl und hob seine Maske, um eine bekannte, lange Nase zu entblößen. „Wünschtest du, dass ich mich bei diesen Kurshken zu Tode gelangweilt hätte?"

„Nein", sagte Tal, ging zu seinem Großonkel und nahm ihn dankbar in die Arme. „Du weißt, was ich mir gewünscht hätte."

„Hmmpfff", schnaufte Ebbitt. „Ich werde wiederkommen. Ich kann mir diese Gelegenheit doch nicht entgehen lassen. Da habe ich in meinen letzten Atemzügen gelegen, oder vielleicht waren es auch meine vorletzten, ich weiß nicht mehr genau … und ich dachte mir: Wenn ich jetzt sterbe, sehe ich das Eis nie mehr. Und dann sind da noch diese Cronen. Mir gefällt ihr Klang."

Tal ließ Ebbitt los und drückte zwei Finger gegen die Brust seines Großonkels. Etwas bewegte sich unter den Fellen. Etwas anderes als Haut und Knochen.

„Ebbitt!"

„Ich kann nichts dafür", stieß Ebbitt hervor. „Er will mitkommen. Wir haben Beastmaker gespielt und ich habe einhundertacht zu einhundertsechs Spiele gewonnen."

Der Kodex klopfte gegen Ebbitts Brust und der alte Mann fügte hastig hinzu: „Über diese Zahl herrscht noch ein wenig Uneinigkeit. Es könnte auch einhundertsechs zu einhundertsechs ausgegangen sein."

Tal runzelte die Stirn. Der Kodex war zu wertvoll, um ihn zu verlieren. Aber es gab ohnehin keine Garantie dafür, dass er ihn befragen konnte, selbst wenn er im Schloss bleiben würde. Wenn er bei Ebbitt war, würde Tal ihn wenigstens finden können, wenn er ihn brauchte. Abgesehen davon würde Malen im Schloss bleiben und im Laufe der Zeit würden ihr noch mehr Cronen als eine Art Botschafterinnen folgen. Über die Cronen konnte Tal dann mit Ebbitt und dem Kodex in Kontakt treten.

Und mit Milla. Sie hatten sehr viel miteinander zu besprechen.

„Lebe wohl, Milla“, sagte Tal. Er streckte sein Handgelenk aus und zeigte ihr die Narben, die ihren Zusammengehörigkeitsschwur besiegelten. Milla hob ebenfalls den Arm und die Narben berührten sich – kalte Haut auf kalter Haut.

Milla lächelte. Es war ein Lächeln, das er noch nie zuvor gesehen hatte. Er erwiderte es und sah ihr in die Augen. In diesem Blick sahen sie alles, was sie miteinander erlebt hatten – vom ersten Treffen auf dem Eis bis zu Sharrakors Sturz.

Alle schwiegen, als sie beieinander standen. Die Zeit verstrich in Eiscarl-Atemzügen und Erwählten-Sekunden, gezählt von Funken in ihren Sonnensteinen. Schließlich hob Milla ihre Hand und Tals Arm fiel nach unten.

Milla hielt ihre Hand hoch über den Kopf und eine der Krallen blitzte auf. Eine violette Peitsche zuckte durch die Luft und hinterließ eine leuchtende Spur, als Milla die Faust schloss und den Arm wieder senkte.

Eiscarls jubelten auf und ihre Rufe hallten im großen Saal wider. Dann schulterten sie ihre Habseligkeiten und machten sich auf den langen Weg den Berg des Lichtes hinab. Hinab zum Eis und zum Lebenden Meer der Selski, hinab zu ihren windgepeitschten Heimstätten, den Clanschiffen der Eiscarls.

Milla drehte sich nicht mehr um.

Tal sah ihr noch einen Moment nach und drehte sich dann zu den tausenden leuchtenden Sonnensteinen um, zu den tausenden von Sälen, Räumen und Korridoren der Erwählten und des Freivolks – zum Volk des Schlosses.

Doch selbst als Freunde wie Fremde zu ihm kamen, um Fragen zu stellen oder ihn um einen Gefallen zu bitten, galten seine Gedanken nur einem winzigen Teil des Schlosses. Ein paar Räume, an deren Eingangstür das Bild einer Sthil-Bestie hing, die über einen siebenzackigen Stern hüpfte.

Hinter dieser Tür war seine Familie wieder vereint. Sein Vater Rerem, der aus dem Orangefarbenen Schlüsselstein gerettet worden war, war wieder gesund und bei Kräften. Seine Mutter Graile hatte sich beinahe vollständig von dem Wasserspinnen-Gift erholt. Sein Bruder Gref war von den Cronen so schnell geheilt worden, dass er sich bereits wieder in zahllose Schwierigkeiten gebracht hatte. Und Tals kleine Schwester Kusi hatte schon vergessen, dass überhaupt etwas geschehen war.

Tal lächelte wieder. Es war ein Lächeln, das von Erinnerungen und Verantwortungsgefühl geprägt war. Es war so viel geschehen und es lag noch so viel vor ihm.

Aber das würde warten können, dachte Tal, als er sich durch die Menge schob. Denn Tal Graile-Rerem ging jetzt nach Hause. Und er hatte einen Sonnenstein.

GLOSSAR

Adras
Ein ➢Sturmhirte aus ➢Aenir, den Tal als ➢Geistschatten an sich band. Adras ist ein recht einfältiger Geistschatten, sodass seine enorme Kraft nicht immer eine Hilfe ist.

Aenir
Eine Geistwelt, in die die ➢Erwählten mit Hilfe von Lichtmagie eintreten können. In Aenir leben allerhand Kreaturen und Bestien. Die Erwählten dürfen Aenir offiziell nur am ➢Tag des Aufstiegs für eine bestimmte Zeit betreten, um Bestien zu fangen und als gebundene ➢Geistschatten mit zurück zu ihrem ➢Schloss zu nehmen.

Arla
Eine ➢Schildmutter, die einst ➢Milla und ➢Tal auf ihrem Weg über das Eis zum ➢Schloss fand und sie zum ➢Ruinenschiff brachte. Arla wurde später ohne Vorsatz von der völlig verwirrten Milla getötet, als sie mit der ➢Kralle von Danir an der Hand zum Ruinenschiff zurückkehren wollte.

Asteyr
Eine mythische Frau aus

der Vergangenheit der ➢Eiscarls, die von den ➢Cronen gerufen wird, um ihnen bei wichtigen Entscheidungen zu helfen. Asteyr scheint vor vielen Jahrhunderten tatsächlich gelebt zu haben. Eigenartigerweise kommt ihr Name auch in einem wichtigen Zauberspruch der ➢Erwählten vor, der mit der Bindung von ➢Geistschatten in ➢Aenir zu tun hat.

Beastmaker
Ein altes Spiel der ➢Erwählten, bei dem zwei Spieler mit Hilfe von Spielkarten, die durch Licht verwandelt werden können, je eine kleine Bestie mit festgelegten Charaktereigenschaften bestimmen. Diese Bestien entstehen dann aus Licht – mit Hilfe des besonderen Tisches, auf dem das Spiel gespielt wird. Da die Kunst der Herstellung dieser Tische längst vergessen ist, existieren nicht mehr viele davon.

Belish
Ein Gewächs mit dicken, hohen Stelzenwurzeln, das in den untersten Ebenen des ➢Schlosses angebaut wird und das die ➢Erwählten als Gemüse verspeisen.

Bennem
Der ältere Bruder von ➢Crow. Bennem hat bei einem Aufenthalt im ➢Saal der Albträume den Verstand verloren.

Berg des Lichtes
So nennen die ➢Eiscarls

den Berg, auf dem das ➢Schloss der Sieben Türme erbaut wurde.

Blauer Orden
➢Orden

Brillanz
Einer der höchsten gesellschaftliche Ränge der ➢Erwählten.

Clovil
Ein ➢Freivölkler, der mit seinen Kameraden in den untersten Ebenen des ➢Schlosses lebt.

Crone
Die Vorsteherin eines Clans der ➢Eiscarls. Die Cronen haben seherische Eigenschaften, die sich auch sichtbar auswirken: Ihre Augen leuchten von innen heraus. Im Alter kann eine Crone zur ➢Mutter-Crone werden. Die Cronen teilen sich in drei Orden auf, die sich in erster Linie durch ihre Herkunft unterscheiden.

Crow
Ein abtrünniger ➢Untervölkler, der mit seinen Kameraden in den unteren Ebenen des Schlosses lebt. Sie nennen sich das ➢Freivolk. Crow rettete einst – wenn auch eher unfreiwillig – ➢Tal und ➢Milla, als diese in den Heiztunnels des ➢Schlosses beinahe in den giftigen Dämpfen erstickt wären. Crow, der ein erbitterter Feind der ➢Erwählten ist und auch versuchte, Tal loszuwerden, wurde bei einem Kampf mit Tal unter einem Felssturz begraben, über-

lebte aber mit ➢Ebbitts Hilfe.

Danir
Eine der drei Urahnen aller ➢Eiscarls: ➢Grettir, Danir und ➢Susir, die wiederum alle von ➢Asteyr abstammen. ➢Milla stammt aus Danirs Linie.

Dunkelwelt
So nennen die ➢Erwählten die Welt, deren Zentrum das ➢Schloss ist.

Dunkler Vizier
Ein hohes Amt bei den ➢Erwählten. Der Dunkle Vizier ist direkt der ➢Imperatorin unterstellt und für alle unliebsamen Dinge im ➢Schloss verantwortlich, wie zum Beispiel den ➢Saal der Albträume. Die Person, die das Amt des Dunklen Viziers bekleidet, ist eigentlich unbekannt; nur durch einen Zufall fand Tal heraus, dass es sich um seinen Erzfeind ➢Sushin handelt. Neben dem Dunklen gibt es auch einen ➢Hellen Vizier.

Düsterer
Der niedrigste gesellschaftliche Rang bei den ➢Erwählten.

Ebbitt Nune-Taril
Der Großonkel von ➢Tal. Ebbitt war einst die große Hoffnung seiner Familie. Er hatte als ➢Schattenlord und ➢Hellblender des ➢Indigo-Ordens einen gesellschaftlich hohen Rang eingenommen, bis er vor langer Zeit nach einem unbekannten Ereignis zum ➢Düsteren des ➢Roten

Ordens degradiert wurde. Ebbitt half ➢Tal und ➢Milla bei ihrer Flucht vor den Schergen ➢Sushins und versteckte sie in Särgen im Mausoleum der ➢Erwählten, bevor er ihnen beim Eintritt nach ➢Aenir half. Ebbitt, der auch dem ➢Freivolk hilft, war bei dem Felssturz um ➢Crow dabei und Tal glaubt, dass er tot ist.

Edol
Ein junger Kellner des ➢Untervolks.

Eisbluthund
Ein Spürhund der ➢Eiscarls. Er kam zu seinem Namen, weil er oft beim Aufspüren von Opfern oder Nahrungsmitteln in den Wracks clanfremder Eisschiffe eingesetzt wird.

Eiscarls
Ein nomadisierendes Volk, das durch die Eiswüsten außerhalb des ➢Schlosses in großen, auf Kufen gleitenden Segelschiffen reist. Die Eiscarls leben in Clans, wobei jedes Schiff einen Clan repräsentiert. Sie ernähren sich vom Fleisch der ➢Selski, deren Herden sie seit Generationen folgen. Einige Vorfahren der Eiscarls waren in einen sagenumwobenen Krieg gegen die Schatten von ➢Aenir verwickelt. Nachdem ➢Milla von ihren Erlebnissen im Schloss berichtete, beschlossen die Eiscarls einen Sturm auf das Schloss, um dem ihrer Meinung nach gefährlichen Umgang der ➢Erwählten mit ➢Geistschatten Einhalt zu gebieten.

Enklave der Erwählten
Ein Ort in ➢Aenir, an dem sich die ➢Erwählten während ihres Aufenthalts in der Geistwelt niederlassen und von wo sie ihre Erkundungen vornehmen.

Erhabener Sonnenstein
➢Sonnenstein

Erwählte
Die Erwählten sind die Bewohner des ➢Schlosses. Sie sehen sich als Beherrscher ihrer Welt und regieren über das ➢Untervolk. Das Gesellschaftssystem der Erwählten besteht aus ➢Orden verschiedener Ranghöhen. An der Spitze der Erwählten steht die allein regierende ➢Imperatorin. Ziel aller Erwählten ist der Aufstieg zum nächst höheren Rang und irgendwann zum nächst höheren Orden. Dieser Aufstieg hängt von einer komplizierten Konstellation ab: Einerseits tragen ➢Wettkämpfe dazu bei, aber auch der Besitz eines entsprechend mächtigen ➢Sonnensteins und schließlich der erfolgreiche Gang im Alter von dreizehn dreiviertel Jahren in die Geistwelt ➢Aenir, wo jeder Erwählte einen ➢Geistschatten an sich binden muss. Erwählte werden in dem Glauben großgezogen, dass außerhalb des Schlosses nichts existiert.

Ethar
Ein weiblicher ➢Schattenlord des ➢Violetten Ordens. Ethar gehört zur Leibgarde der ➢Imperatorin der ➢Erwählten. Tal

gewann einmal eine Partie ➢Beastmaker gegen sie.

Ethren
So nennen die ➢Kurshken das goldene Metall, aus dem unter anderem das ➢Ruinenschiff der ➢Eiscarls besteht.

Far-Raider
Einer der vielen Clans der ➢Eiscarls und Clan von ➢Milla.

Fashnek
Der Meister über den ➢Saal der Albträume. Fashnek fehlt nach einem Unfall eine Seite seines Körpers. Er wird nur durch seinen ➢Geistschatten am Leben erhalten, der die fehlenden Körperteile ersetzt. Fashnek bietet einen solch schrecklichen Anblick, dass die ➢Erwählten ihn ächten. So fand er seinen Platz im Saal der Albträume.

Fatalisten
So nennt das ➢Freivolk die normalen ➢Untervölkler, die sich widerstandslos ihrem Schicksal fügen.

Ferek
Ein kleiner und sehr nervöser ➢Freivölkler-Junge, der einst einen Aufenthalt im ➢Saal der Albträume über sich ergehen lassen musste.

Feuerhüter-Clan
Der einzige Eiscarl-Clan, der das Geheimnis kennt, wie man aus bestimmten Steinen Metall herstellt.

Feyle Ein-Ohr
Eine sehr alte und erfahre-

ne ➢Schildmutter der ➢Eiscarls, die beim Sturm auf das ➢Schloss dabei ist.

Former
Eine Kreatur aus ➢Aenir, die verschiedene Formen annehmen kann. Former haben in jeder Gestalt eine Haut aus spiegelnden Schuppen.

Freivolk
Eine Gruppe von abtrünnigen ➢Untervölklern, die sich nicht mehr ihrem Schicksal ergeben wollen, nur schweigende Diener der ➢Erwählten zu sein. Sie leben in den untersten Ebenen des ➢Schlosses.

Frostkämpfer
Einer der vielen Clans der ➢Eiscarls.

Gebet von Asteyr
Ein Zauberspruch der ➢Eiscarls, der zum ersten Mal von deren Urahnin ➢Asteyr im Krieg zwischen ➢Aenir und der ➢Dunkelwelt angewendet wurde, um die Aenirer zu bekämpfen. Heutzutage darf das Gebet nur von den ➢Mutter-Cronen der Eiscarls ausgesprochen werden. Ein Eiscarl kann durch das Gebet von Asteyr an eine ganz bestimmte Aufgabe gebunden werden, einschließlich einer bestrafenden. Die ➢Erwählten benutzen einen beinahe identischen Zauberspruch zur Bindung ihrer ➢Geistschatten, was auf die gemeinsamen Vorfahren der beiden Völker Asteyr und ➢Ramellan hindeutet.

Gedankenbohrer
Ein winziges Wesen aus ➢Aenir, das sich durch die Schädeldecke in das Hirn eines jeden Menschen bohren und ihn dann durch Gedankenkontrolle beherrschen kann.

Geistschatten
Geistschatten sind die lebendigen Schatten der verschiedenen Kreaturen von ➢Aenir. Die ➢Erwählten binden sie an sich, nehmen sie mit ins ➢Schloss und nutzen sie fortan zu ihrem Schutz. Geistschatten können bis auf wenige Ausnahmen nicht ohne ihre Herren operieren. Im Gegensatz zu ihren jüngeren Vorgängern, den ➢Schattenwächtern, können Geistschatten nicht ihre Form wechseln – sie können nur ihre Größe verändern. Sie sind außerdem durch Licht verletzbar und können kein goldenes Metall berühren.

Gelber Orden
➢Orden

Ghalt
Ein geschmolzenes Gestein, von dem es in den südlichen Bergen der ➢Dunkelwelt viele brodelnde Becken gibt. Die Vorfahren der ➢Erwählten benutzten Ghalt zum Straßenbau, da es nach dem Erkalten eine extrem feste Kruste bildet.

Gill
Ein ➢Freivölkler-Mädchen, das mit seinen Kameraden in den untersten Ebenen des ➢Schlosses lebt.

Graile Parel-Kessil
➢Tals Mutter. Anfangs sah es so aus, als wäre sie schwer krank und als könnte nur ein sehr mächtiger ➢Sonnenstein ihr noch helfen. Doch Tal vermutete dann, dass seine Mutter von ➢Sushin mit ➢Wasserspinnen-Gift ins Koma versetzt worden war und schaffte es kurz vor einer erneuten Entführung durch Sushins Häscher, ihr ein Gegengift zu verabreichen.

Grettir
Eine der drei Urahnen aller ➢Eiscarls: Grettir, ➢Danir und ➢Susir, die wiederum alle von ➢Asteyr abstammen.

Grüner Orden
➢Orden

Halbheller
Der zweitniedrigste Rang eines ➢Erwählten innerhalb eines ➢Ordens.

Hellblender
Der zweithöchste gesellschaftliche Rang bei den ➢Erwählten.

Heller Vizier
Ein hohes Amt bei den ➢Erwählten. Der Helle Vizier ist direkt der ➢Imperatorin unterstellt und für alle erfreulichen Dinge im ➢Schloss verantwortlich, wie zum Beispiel Feste und Versammlungen. Neben dem Hellen gibt es auch einen ➢Dunklen Vizier. Dieses Amt wurde vom Bruder der Imperatorin bekleidet, der wie sie der Rache ihres Vorgängers ➢Mercur zum Opfer fiel,

unfreiwillig überbracht von ➢Tal.

Hellstern
Der höchste gesellschaftliche Rang bei den ➢Erwählten.

Höhlenfisch
Eine Fischart, die in den riesigen Teichen unter dem ➢Schloss lebt und von den ➢Erwählten verzehrt wird.

Höhlenmaul
Eine Bestie von ➢Aenir, die sich in einer Höhle verborgen hält und im Schutz von deren Eingang auf ihre Opfer lauert. Das Höhlenmaul kann blitzschnell seine riesigen, ausfahrbaren Kiefer aus der Höhle hervorschnellen lassen und damit ein vorbeigehendes Opfer packen.

Höhlenschabe
Ein Insekt, das in den vielen Mauerspalten und Höhlen des ➢Schlosses lebt.

Hrigga-Hügel
Ein Hügel in ➢Aenir, an den durch einen uralten, nur wenigen bekannten Zauberspruch die beiden ➢Sturmhirten ➢Odris und ➢Adras gebunden waren.

Hrykan-Wüste
Eine große Wüste in ➢Aenir.

Imperatorin Kathild
Die allein regierende Herrscherin der ➢Erwählten, die der Rache ihres Vorgängers ➢Mercur zum Opfer fiel, unfreiwillig überbracht von ➢Tal.

Imperiale Garde
Die Leibgarde der ➢Imperatorin der ➢Erwählten. Die Mitglieder der Imperialen Garde gehören dem ➢Violetten Orden an.

Indigo-Orden
➢Orden

Inkie
Ein kräftig gebautes ➢Freivölkler-Mädchen, das nur sehr selten etwas sagt.

Jarek Blutschwimmer
Ein ➢Eiscarl, der zu den so genannten ➢Wilden gehört. Jarek erhielt seinen Namen, weil er nach der Tötung eines ➢Norrwurms drei Tage, in einer Höhle eingeschlossen, in dessen Blut baden musste. Dadurch wurde seine Haut jedoch so widerstandsfähig, dass er beinahe unverwundbar ist.

Jarnil Yannow-Kyr
Ein ehemaliger Lektor der ➢Erwählten, der seit Jahren als tot gilt. Jarnil ist heute Anführer des ➢Freivolks.

Jorle
Eine Schildjungfrau, die beim Sturm der ➢Eiscarls auf das ➢Schloss dabei ist.

Julper Yen-Baren
Ein ➢Erwählter, der einst dabei half, den ➢Kodex zu verstecken.

Kerukar
Humanoide Wesen aus ➢Aenir mit schlanken Taillen und breiten Schultern, aus deren Reihen sich

die ➢Geistschatten der ➢Imperialen Garde rekrutieren.

Kirr
Eine ➢Schildjungfrau, die als einzige ➢Jarek aus seinen wilden Anfällen von Blutwahn befreien konnte und daher seine Begleiterin war, bis sie bei dem Sturm auf das ➢Schloss ums Leben kam.

Kodex
Auch Kodex aller Dinge genannt. Es handelt sich um ein geheimnisvolles Objekt aus Kristall, in dem die Namen aller ➢Erwählten, aller ➢Geistschatten und ➢Schattenwächter aufgezeichnet sind. Der Kodex war zwanzig Jahre lang verschollen, bis er von ➢Tal und ➢Milla aus ➢Aenir ins ➢Schloss zurückgebracht wurde.

Kralle von Danir
Ein künstlicher Fingernagel aus Kristall; ein Exemplar von zweien, die vor langer Zeit für ➢Danir angefertigt wurden. Eine der Krallen gab sie weg, die andere behielt sie. Beide Krallen sind seit mehr als tausend ➢Umrundungen verschollen.

Kurshken
Sehr flinke und schlaue Echsenart aus ➢Aenir.

Kusi
➢Tals drei Jahre alte Schwester, die aufgrund der Schwierigkeiten in Tals Familie bei den beiden furchtbaren Kusinen ihrer Mutter untergebracht wurde.

Lebendes Meer
So nennen die ➢Eiscarls die riesigen Mengen an ➢Selski, die in beinahe ununterbrochenen Herden auf dem Eis ihre kreisförmigen Bahnen ziehen.

Lichtbringer
Ein Titel bei den ➢Erwählten, der bei der Geburt aufgrund des Familienstatus' vergeben wird. Er ist Voraussetzung für das Erlangen des Ranges des ➢Schattenmeisters.

Lokar
Eine Erwählte des Roten ➢Ordens und Kusine von ➢Jarnil Yannow-Kyr. Lokar verschwand ungefähr ein Jahr vor ➢Tals Vater ➢Rerem und bewacht ebenso wie er einen ➢Schlüsselstein. Tal fand heraus, dass Lokar in ihrem eigenen, dem Roten Schlüsselstein, gefangen war. Tal konnte den Stein stehlen und Lokar schließlich daraus befreien.

Lokomotor
Ein seltsames Wesen, das zum Transport von Waren unterhalb des Schlosses benutzt wird. Lokomotoren sind große, unförmige Kreaturen ohne Haut, die ein schienengestütztes Transportsystem antreiben. Sie haben gewaltige Hände, mit denen sie nach allem greifen, was in ihre Nähe kommt.

Lumenor
Ein hoher gesellschaftlicher Rang bei den ➢Erwählten. Lumenore müssen über schwere Bestrafungen

entscheiden, wie zum Beispiel Aufenthalte im ➢Saal der Albträume.

Malen
Die jüngste aller ➢Cronen der ➢Eiscarls. Sie wurde abgestellt, um ➢Milla bei ihrem Feldzug ins ➢Schloss zu begleiten. Malen ist die Tochter der ➢Schildmutter ➢Arla.

Mercur
Der Vorgänger der ➢Imperatorin Kathild. Um seinen Tod ranken sich viele Gerüchte, da er vor seinem Begräbnis entgegen der Regeln der ➢Erwählten nicht aufgebahrt wurde. Es wurde allen Erwählten erzählt, dass er ermordet wurde, in Wirklichkeit jedoch verschwand er auf der Flucht vor den Häschern um ➢Sharrakor und starb in einem der Heiztunnels des Schlosses.

Merwin
Eine ungefähr 10 m lange, kräftige Bestie, die auf dem ewigen Eis außerhalb des ➢Schlosses lebt. Ein Merwin hat ein einzelnes, leuchtendes Horn zwischen den Augen und mit Klauen besetzte Flossen, mit denen es sich auf dem Eis gleitend voranbewegt. Merwin gelten bei den ➢Eiscarls als sehr gefährlich. Sie fertigen ihre Schwerter aus Merwin-Hörnern.

Milla
Ein ➢Eiscarl-Mädchen vom Clan der ➢Far-Raider. Milla wollte unbedingt eine ➢Schildjungfrau werden. Sie wurde von der

➢Crone ihres Clans gemeinsam mit ➢Tal, den sie ursprünglich töten wollte, auf die gefährliche Reise zurück zum ➢Schloss geschickt, um für ihren Clan einen ➢Sonnenstein zu besorgen. Unterwegs wurde sie von einem ➢Merwin schwer verletzt und konnte in letzter Sekunde durch Hilfe von Tals ➢Schattenwächter gerettet werden. Nach einem Aufenthalt im ➢Ruinenschiff folgte sie Tal in das Schloss, wo sie von der ➢Imperialen Garde gefangen und in den ➢Saal der Albträume gebracht wurde, gegen dessen Schrecken sie aber immun zu sein schien. Sie stimmte nach ihrer Befreiung durch Tal und ➢Ebbitt zu, mit Tal nach ➢Aenir zu gehen, um ihm dort bei der Suche nach dem ➢Kodex zu helfen. Dort band Tal ohne ihr Einverständnis den ➢Sturmhirten ➢Odris als ➢Geistschatten an sie, was für Milla das Ende ihres Lebens als Eiscarl bedeutete, da Geistschatten bei ihrem Volk als abscheulicher Frevel gelten.
Nach ihrer Rückkehr in die Dunkelwelt ging sie zum Ruinenschiff zurück, um den Cronen von ihren Erlebnissen zu berichten und sich danach dem Eis zu überlassen. Doch die Cronen erlegten ihr stattdessen die schwierige Aufgabe auf, als Kriegsführerin der Eiscarls einen Feldzug gegen die ➢Erwählten anzuführen. Als solche ist sie nun mit ihrer Truppe von den Erwählten im Schloss eingekesselt.

Mutter-Crone
Die höchsten Führerinnen bei den ➢Eiscarls. Die Mutter-Cronen haben stark ausgeprägte seherische Fähigkeiten, obwohl eines ihrer Erkennungszeichen ihre erblindeten Augen sind.

Norrwurm
Ein großer und sehr gefährlicher Wurm, der immer paarweise auftritt und auf dem Eis der ➢Dunkelwelt lebt. Das Blut eines solchen Norrwurms hat ➢Jarek Blutschwimmer zu seiner Unverwundbarkeit verholfen.

Odris
Ein weiblicher ➢Sturmhirte aus ➢Aenir, den ➢Tal als ➢Geistschatten ohne deren Einverständnis an ➢Milla band. Odris ist die recht schlaue Begleiterin von ➢Adras.

Orange-Orden
➢Orden

Orden
Die ➢Erwählten des ➢Schlosses teilen sich in sieben verschiedene Orden auf, die ihre Namen nach den Farben ihrer ➢Sonnensteine haben: Rot, Orange, Grün, Gelb, Blau, Indigo und Violett. Die Orden repräsentieren verschiedene gesellschaftliche Ränge, wobei Rot der niedrigste und Violett der höchste ist. Innerhalb der Orden herrscht wiederum ein kompliziertes System von Rängen und Titeln. Beginnend mit dem niedrigsten sind dies: ➢Düs-

terer, ➢Halbheller, ➢Scheinender, ➢Lumenor, ➢Brillanz, ➢Hellblender und ➢Hellstern. Außerdem gibt es noch verschiedene Titel, die bei den Aufstiegsmöglichkeiten ebenfalls eine Rolle spielen: ➢Lichtbringer, ➢Schattenmeister und ➢Schattenlord. Ein Aufstieg in den nächst höheren Orden ist durch Verbesserung des eigenen Ranges möglich. Jeder Orden hat seinen Platz im Schloss, zu dem auch einer der Sieben Türme gehört.

Orskir

Eine kleinere Sorte von ➢Eiscarl-Schiffen, die man heute oft im Besitz von ➢Schwert-Thanen findet. ➢Asteyr besaß ein solches Schiff.

Quorr Quorr Quorr Quorr Ahhtorn Sezicka

➢Zicka

Quorr Quorr Quorr Quorr Quorr Jak-Quorr Jareskk Yazeqicka

➢Yazeq

Ramellan

Ein ➢Erwählter, der vor vielen Jahrhunderten zur gleichen Zeit wie ➢Asteyr lebte und mit ihr zusammen den Krieg zwischen den ➢Aenirern und den Bewohnern der ➢Dunkelwelt beendete.

Rerem Abbitt-Erem

➢Tals Vater, der seit einer Mission für die ➢Imperatorin der ➢Erwählten vermisst wird. Da Rerem alle mächtigen ➢Sonnensteine bei sich trägt, ist seine Familie in großer Not. Es wurde zunächst erzählt, dass Rerem tot sei, Tal fand aber ein Lebenszeichen seines Vaters in einer Grube, in die er von ➢Sushin eingesperrt worden war. Später fand Tal heraus, dass Rerem wie ➢Lokar ein Schlüsselwächter und wahrscheinlich in seinem ➢Schlüsselstein gefangen ist.

Rorn
Eine sagenumwobene Ruinenstadt in ➢Aenir, deren Zutritt den Erwählten bei Todesstrafe verboten ist. Die Ruinen von Rorn bewegen sich ständig umher.

Roro
Ein Gästehaus der ➢Kurshken, das in deren Sprache Roroqqolleckechahen genannt wird.

Roroqqolleckechahen
➢Roro

Roter Orden
➢Orden

Roum
Ein Lektor im ➢Schloss der ➢Erwählten und ➢Tals Oberlehrer.

Rovkir
Der Name einer Atementspannungsübung der ➢Eiscarls.

Ruinenschiff
Ein Schiff, das von den Vorfahren der ➢Eiscarls erbaut wurde und jetzt abgewrackt am Fuße des ➢Berges des Lichtes steht. Das Ruinenschiff ist das größte Bauwerk, das die Eiscarls besitzen; es ist über und über mit leuchtenden

Flechten und Moosen bewachsen und dient den ➢Schildjungfrauen als Hauptquartier.

Saal der Albträume
Ein Ort der Bestrafung im ➢Schloss. Je nach Schwere des Vergehens kann ein ➢Erwählter länger oder kürzer zu einem Aufenthalt im Saal der Albträume verurteilt oder dort befragt werden, falls er nicht geständig ist. Dort wird der Gefangene in einer Kristallkugel festgehalten, wo ihm mit Hilfe von ➢Sonnensteinen Albträume verursacht werden, aus denen er nicht aus eigenem Willen aufwachen kann.

Saylsen
Die älteste ➢Schildmutter unter der Vorhut der ➢Eiscarls, die das ➢Schloss stürmt.

Schattenlord
Ein Titel, den nur die höchsten der ➢Erwählten erlangen können, die durch ihren Rang bewiesen haben, dieses Titels würdig zu sein.

Schattenmeister
➢Erwählte, die sich durch ihre Beherrschung mächtiger ➢Geistschatten würdig erweisen, können den Titel des Schattenmeisters erlangen. Bedingung dafür ist auch der durch Geburtsrecht erlangte Titel des ➢Lichtbringers.

Schattenwächter
Ein Wesen aus der Geistwelt ➢Aenir, das an einen ➢Erwählten bei dessen

Geburt gebunden wird, dessen natürlichen Schatten ersetzt und ihn beschützt. Der Schattenwächter kann seine Form ändern und bis zu einem geringen Grad auch unabhängig von seinem Herrn agieren. Ein Schattenwächter wird freigelassen, wenn sein Meister am ➢Tag des Aufstiegs in ➢Aenir einen ➢Geistschatten an sich bindet.

Scheinender
Einer der höheren gesellschaftlichen Ränge bei den ➢Erwählten.

Schildjungfrauen
Eine kriegerische Schwesternschaft der ➢Eiscarls, die der obersten ➢Mutter-Crone untersteht. Die Schildjungfrauen unterziehen sich vor ihrer Aufnahme in die Schwesternschaft einer Vielzahl von Prüfungen unter der Schirmherrschaft der ➢Crone ihres Clans. Schildjungfrauen dienen dem Wohl aller Eiscarls, indem sie ihr Volk beschützen. Eine Schildjungfrau kann – je nach Fähigkeiten – später eine Crone werden.

Schildmutter
Eine Anführerin bei den ➢Schildjungfrauen der ➢Eiscarls. Schildmütter führen oft die Patrouillen an, bei denen die Schildjungfrauen auf dem Eis umherziehen, um nach dem Rechten zu sehen.

Schleier
Der Schleier liegt über der gesamten Welt, deren Zen-

trum das ➢Schloss ist, und hüllt diese Welt in Dunkelheit. Legenden der ➢Eiscarls besagen, dass der Schleier von ihren Vorfahren geschaffen wurde, um sie vor rebellierenden Schatten zu bewahren. Die Geschichte der ➢Erwählten hingegen erzählt, dass der Schleier zum Schutz vor der Sonne geschaffen wurde. Nur die Sieben Türme des Schlosses ragen bis über den Schleier, der von sieben so genannten ➢Schlüsselsteinen seine Energie bezieht. Über dem Schleier werden die ➢Sonnensteine im Sonnenlicht aufgeladen.

Schleiersaal
Der höchste Raum im Siebten Turm des ➢Schlosses, von dem die Energiezufuhr des ➢Schleiers kontrolliert wird.

Schloss
Das Schloss, in dem die ➢Erwählten leben und ihre Diener, das ➢Untervolk, befindet sich im Mittelpunkt der so genannten ➢Dunkelwelt, in der laut Geschichte der Erwählten nichts anderes existiert. Das riesige Bauwerk hat sieben Türme, insgesamt sechsundfünfzig Ebenen und ist Heimat der sieben ➢Orden der Erwählten. Jeder Orden nimmt sieben Ebenen und einen Turm im Schloss ein, wobei gemäß der Rangfolge der Orden die roten Ebenen die untersten und die violetten Ebenen die höchsten sind. Unterhalb der roten Ebe-

nen gibt es noch sieben weitere, die vom Untervolk bewohnt werden. Das Schloss wird durch Dampftunnels beheizt, die ihre Hitze von Lavaseen in Höhlen tief unter seinem Sockel beziehen. Nur die sieben Türme des Schlosses durchstoßen den ewig dunklen ➢Schleier.

Schlüsselstein

Es gibt sieben Sonnensteine, die die Bezeichnung Schlüsselstein tragen, und je einer davon befindet sich auf einem der sieben Türme des ➢Schlosses. Die Schlüsselsteine haben die jeweilige Farbe ihres Turmes und ➢Ordens und liefern die Energie, die den ➢Schleier aufrecht erhält. Jedem Schlüsselstein ist ein so genannter Schlüsselwächter wie zum Beispiel ➢Lokar oder ➢Rerem zugeteilt.

Schwert-Thane

Ein allein umherziehender Krieger der ➢Eiscarls. Schwert-Thanen können ihre Dienste einzelnen Clans anbieten, was allerdings unüblich ist, da die meisten Clans eine ➢Crone als Schutzmacht haben. Schwert-Thanen sind im Allgemeinen selten anzutreffen.

Selski

Selski sind riesige Tiere von vielleicht 50 m Länge, die im ewigen Eis außerhalb des ➢Schlosses leben. Selski bewegen sich fort, indem sie sich auf ihre Flossen stützen, sich vorwärts ziehen und wieder fallen lassen, was bei ihrer Größe ein sehr beeindruckender Vorgang ist. Selski, die in riesigen, fast unüberschaubaren Herden leben, sind in ständiger Bewegung. Sie sind Lieferanten für beinahe alles, was die ➢Eiscarls zum Leben benötigen: Fleisch, Öl, Leder und Knochen.

Sharik
Ein kleines Tier, das in der ➢Dunkelwelt auf dem Eis lebt und sowohl einzeln als auch in Schwärmen unterwegs sein kann.

Sharrakor
Der mächtigste aller ➢Geistschatten: Er gehört angeblich der ➢Imperatorin der ➢Erwählten und darf sich als einziger Schattendrache nennen. In Wahrheit jedoch ist er ein freier Geistschatten, der den ➢Schleier zerstören will und die Übernahme der ➢Dunkelwelt mit einer Armee von Schatten aus ➢Aenir plant.

Skerrako
Eine geheimnisvolle Person, von der die ➢Erwählten annahmen, dass sie vor zweiundzwanzig Jahren an der Entführung des ➢Kodex aus dem ➢Schloss beteiligt war. In Wirklichkeit ist der Name Skerrako aber ein von den ➢Kurshken benutztes Pseudonym für ➢Sharrakor.

Slepenish
Kleine, dünne Wasserbewohner, die unter dem Eis außerhalb des ➢Schlosses

leben und sich durch das Eis bohren. Sie sind die bevorzugte Nahrung der ➢Selksi.

Slopschacht
Ein Schacht, der von der obersten Violetten Ebene des ➢Schlosses bis hinunter zu den untersten ➢Untervolk-Ebenen führt und zur Entsorgung von Küchenabfällen benutzt wird.

Sonnenstein
Sonnensteine sind Steine verschiedenster Größe, die die Energie der Sonne aufnehmen und sehr lange speichern können. Je energiereicher Sonnensteine sind, desto mehr Kraft besitzen sie und so ist ein mächtiger Sonnenstein nicht umsonst ein Statussymbol bei den ➢Erwählten. Ab einer gewissen Kraft gilt ein Sonnenstein als Erhabener Sonnenstein. Nur ➢Erwählte, die einen Erhabenen Sonnenstein besitzen, dürfen ➢Aenir offiziell am ➢Tag des Aufstiegs betreten. Die Sonnensteine, die in Körben an den Türmen des ➢Schlosses oberhalb des ➢Schleiers in der Sonne reifen, dienen überall als Wärme- und Lichtspender, als Zeitmesser sowie für geübte Erwählte als Quelle allerhand magischer Kräfte. Es wird behauptet, dass die Sonnensteine aus Samen wachsen, die aus Aenir stammen. Außerdem glauben manche alte Erwählte zu wissen, dass man Sonnensteine einst auch herstellen konnte.

Spanne
Die einzige Maßeinheit der ➢Erwählten. Eine Spanne entspricht ungefähr dem Abstand zwischen Schulter und Ellbogen bei einem erwachsenen Erwählten.

Sthil
Eine Bestie aus der Geistwelt von ➢Aenir. Sie findet sich auch im Wappen von ➢Tals Familie.

Sturmhirten
Zwei riesenhafte Gestalten aus der Geistwelt ➢Aenir, die aus Wolken bestehen. Ihre Augen sind helle Flecke aus Blitzen.

Sushin
Ein ➢Schattenmeister und ➢Hellstern des ➢Orange-Ordens. Sushin scheint etwas gegen ➢Tals Familie und starke Verbündete innerhalb des ➢Schlosses zu haben, denn er setzt alles daran, um Tal und seiner Familie zu schaden. Sushin ist wohl mächtiger als allgemein angenommen, denn er stieg erst kürzlich zum hohen Rang des Hilfs-➢Lumenors auf und hat einen neuen Geistschatten, was eigentlich gegen die Gesetze der Erwählten ist. Als ➢Milla Sushin mit ihrem leuchtenden Schwert aus ➢Merwin-Horn verletzte, verursachte sie in seiner Brust nur ein dunkles Schattenloch – Sushin scheint demnach einen Geistschatten zu beherbergen, was die ➢Imperatorin Tal auch bestätigte. Sie erzählte ihm, dass Sushin nur eine Schattenpuppe von ➢Sharrakor ist.

Susir
Eine der drei Urahnen aller ➢Eiscarls: ➢Grettir, ➢Danir und Susir, die wiederum alle von ➢Asteyr abstammen.

Tag der Dunklen Rückkehr
Das Gegenstück zum ➢Tag des Aufstiegs: Am Tag der Dunklen Rückkehr kehren alle Erwählten aus ➢Aenir zum ➢Schloss zurück.

Tag des Aufstiegs
Am Tag des Aufstiegs dürfen die ➢Erwählten die Geistwelt ➢Aenir betreten. Dabei versuchen alle, die dreizehn dreiviertel Jahre alt sind, einen ➢Geistschatten an sich zu binden. Je mächtiger der Geistschatten ist, desto größer sind die Chancen für den Erwählten, im gesellschaftlichen Rang des ➢Schlosses und der ➢Orden aufzusteigen. Nur Erwählte, die einen ➢Erhabenen Sonnenstein besitzen, dürfen ➢Aenir am Tag des Aufstiegs betreten.

Tal Graile-Rerem
Tal ist ein vierzehn Jahre alter ➢Erwählter des ➢Orange-Ordens. Sein Vater ➢Rerem verschwand erst kürzlich bei einer Mission für die ➢Imperatorin des ➢Schlosses und seine Mutter ist schwer krank. Um seiner Familie zu helfen, versuchte er, einen ➢Erhabenen Sonnenstein zu finden. Bei dem verzweifelten Unternehmen, auf dem Roten Turm einen Sonnenstein zu stehlen,

stürzte er ab und landete weit entfernt vom Schloss in der eisigen ➢Dunkelwelt. Dort stieß er auf die misstrauischen ➢Eiscarls, die ihn nur unter einer Bedingung am Leben ließen: Er sollte sich gemeinsam mit ➢Milla auf die gefährliche Reise zurück zum Schloss machen, um auch für die Eiscarls einen Sonnenstein zu beschaffen. Einen solchen fanden sie bei einem Skelett in den Heiztunnels unter dem Schloss.

Tal wurde nach seiner Rückkehr gemeinsam mit Milla verhaftet und vom ➢Schattenmeister ➢Sushin in eine Grube gesperrt, um verhört zu werden. Nach seiner Flucht unter Hilfe seines Großonkels ➢Ebbitt beschloss Tal, nach ➢Aenir zu gehen, um dort den ➢Kodex der Erwählten zu finden, der allwissend zu sein scheint und daher auch die Lösung für Tals Schwierigkeiten kennen könnte. Ebbitt teilte den in den Heiztunnels gefundenen Sonnenstein in zwei Hälften – eine für Tal und eine für Milla.

Nach Tals und Millas Übertritt nach Aenir band Tal zwei ➢Sturmhirten als ➢Geistschatten an sich und Milla und schaffte es gemeinsam mit ihr, den Kodex zurück zum Schloss zu bringen. Von ihm erfuhren sie, dass dem ➢Schleier Gefahr droht und dass Tals Vater einer der Wächter der geheimnisvollen ➢Schlüsselsteine ist.

Nachdem Milla zu den Eiscarls zurückkehrte, beschloss Tal unter unfreiwilliger Mithilfe des ➢Freivölklers ➢Crow, den Roten Schlüsselstein zu stehlen, was den beiden auch gelang. Am Ende dieser erfolgreichen Aktion kam es zum Streit zwischen Tal und Crow, in dessen Verlauf der Freivölkler, ein paar seiner Kameraden und Tals Großonkel Ebbitt von einem Felssturz begraben wurden. In seiner Verzweiflung beschloss Tal, nach Aenir zu gehen, um dort die ➢Imperatorin aufzusuchen und ihr von der Gefahr zu berichten, die dem Schloss und dem Schleier droht. Dort stellte er lediglich fest, dass die Imperatorin nur eine Marionette von ➢Sharrakor ist. Gleichzeitig fand er heraus, dass der Sonnenstein, den er mit Milla in den Heiztunnels gefunden hatte, der Violette Schlüsselstein ist, der allein der Imperatorin zusteht. Noch während Tals Gespräch mit der Imperatorin und ihrem Bruder, dem ➢Hellen Vizier, tötete ein violetter Blitz die beiden Erwählten – die Rache des ehemaligen Imperators ➢Mercur, der in den Heiztunnels verstorben war.

Tal kehrte ins Schloss zurück, um Sharrakors Plan zu vereiteln und seiner Mutter ein Gegenmittel gegen das ➢Wasserspinnen-Gift zu verabreichen. Dabei wurde er erneut von Sushin überwältigt.

Twoknuckle-Berg
Ein Berg mit zwei Gipfeln auf dem Eis der ➢Dunkelwelt, der bei den ➢Eiscarls für seine heimtücki-

schen Lawinen bekannt ist.

Ulla Stark-Arm
Eine ➢Schildjungfrau, über die die Geschichte kursiert, sie wäre einmal von einem alten ➢Selski verschluckt worden und hätte sich selbst herausschneiden müssen.

Umrundung
Die längste Zeiteinheit der ➢Eiscarls. Eine Umrundung ist die Zeitspanne, die die ➢Selski benötigen, um einmal ihren kreisförmigen Pfad zu vollenden.

Untervolk
Die Mitglieder des Untervolks, umgangssprachlich auch Untervölkler genannt, haben im Gegensatz zu den ➢Erwählten nur natürliche Schatten und dienen den Erwählten als rechtlose Sklaven. Sie kochen, waschen, bauen Pflanzen an und erledigen alle niederen Arbeiten.

Urgelgurgel
Eine hüpfende Kreatur aus ➢Aenir, deren Gestalt an einen riesigen, umgedrehten Pilz erinnerte. Urgelgurgels graben sich in den weichen Boden ein, springen über ihr Opfer, umschließen es völlig und spritzen aus ihrem zentralen ‚Stiel' konzentrierte Säure über ihre Mahlzeit.

Vergessen
Etwas, das vor vielen hundert Jahren durch die gemeinsamen Urahnen der ➢Erwählten und der ➢Eiscarls in ➢Aenir statt-

fand. Dadurch vergaßen alle Einwohner von Aenir sämtliches Wissen über bestimmte Geschehnisse.

Violette Diskontinuität
Eine äußerst mächtige und schwer zu beherrschende Lichtmagie, deren Anwendung alles auflöst, was mit ihr in Verbindung kommt.

Violetter Orden
➢Orden

Wasserspinnen
Eine etwa fußballgroße Spinnenart, die vor langer Zeit von den ➢Erwählten geschaffen wurde, um den Müll zu fressen, der in die Wasserkanäle unterhalb der Ebene Rot Sieben im ➢Schloss gerät. Die Wasserspinnen können sich auf und unter Wasser, aber auch an Land bewegen. Sie haben Facettenaugen und Fänge, mit denen sie ein lähmendes Gift in ihr Opfer injizieren können.

Weiser Khamsoul
Ein Wesen aus ➢Aenir, das laut Aussagen einiger Kreaturen von Aenir allwissend ist.

Wespenwyrm
Eine Kreatur aus ➢Aenir. Wespenwyrms sind lang, schlangenartig und haben lange, dünne Flügel. Sie sind hellorange mit schwarzen Streifen und besitzen einen Giftstachel, aus dem sie auch Säure verspritzen können. Normalerweise sind Wespenwyrms etwa handgroß, doch es scheint auch riesengroße Exemplare zu geben.

Wettkämpfe
Wettkämpfe sind Prüfungen in bestimmten Disziplinen, denen sich ➢Erwählte jeden Alters freiwillig unterziehen. Je nach Erfolg tragen die Ergebnisse, ermittelt von hochrangigen Erwählten, zum gesellschaftlichen Aufstieg bei. Es gibt Wettkämpfe in den Disziplinen Musik, Erleuchtung, Nahkampf, Körperbeherrschung oder Heilung.

Wilder
Bezeichnung für eine besondere Art männlicher ➢Eiscarls, die anscheinend grundlos von Zeit zu Zeit in eine wahnsinnige Mordlust verfallen, in deren Verlauf sie nahezu unbesiegbare Kämpfer werden. Der Wahn klingt ebenso schnell ab, wie er auftritt.

Wreska
Vierbeinige Tiere mit einem Geweih, die die ➢Eiscarls zum Ziehen ihrer Schlitten einsetzen.

Wurmgeher
Eine alte Kriegsmaschine der ➢Erwählten in Form eines riesigen, über mannshohen Wurmes mit scharfkantigen Beinen und gewaltigen Kieferzangen.

Yaribel
Ein Gemüse, das die ➢Erwählten verzehren.

Yazeq
Ein ➢Kurshken aus ➢Aenir, das mit richtigem Namen Quorr Quorr Quorr Quorr Quorr Jak-

Quorr Jareskk Yazeqicka heißt und Anführer seines Stammes ist.

Zicka

Ein ➢Kurshken aus ➢Aenir, das mit richtigem Namen Quorr Quorr Quorr Quorr Ahhtorn Sezicka heißt. Zicka half ➢Milla und ➢Tal bei der Suche nach dem ➢Kodex.

STELL DIR EINE WELT VOR, IN DER DU NIE DIE SONNE SIEHST.
GARTH NIX'
DER SIEBTE TURM
TM
Das große Finale!
Ab 20. September
erhältlich.
Band 4:
Jenseits der Grenze
ISBN: 3-89748-405-6
Band 5:
Die Schlacht beginnt
ISBN: 3-89748-554-0
Band 6:
Der violette Sonnenstein
ISBN: 3-89748-555-9
Band 1:
Sturz in die Dunkelheit
ISBN: 3-89748-402-1
Band 2:
Mauern des Todes
ISBN: 3-89748-403-x
Band 3:
Aenir – Reich der Schatten
ISBN: 3-89748-404-8
Dino
www.DinoAG.de
ENTDECKE DAS LICHT.
www.theseventhtower.com
LUCAS BOOKS
© 2002 Lucasfilm Ltd. & ™. All rights reserved.

STAR WARS
LUCAS BOOKS
JEDI QUEST
Anakins Abenteuer zwischen
Episode I und Episode II
ANAKIN'S STORY BETWEEN EPISODE I AND EPISODE II
STAR WARS
JEDI QUEST
JUDE WATSON
STAR WARS
JEDI QUEST
THE WAY OF
THE APPRENTICE
JUDE WATSON
Band 1: Der Pfad der Erkenntnis
ISBN 3-89748-416-1
Band 2: Der Weg des Padawan
ISBN 3-89748-556-7
AUSERWÄHLT VON DER MACHT.
VERDAMMT ZUR DUNKLEN SEITE.
AB 20. SEPTEMBER 2002
ÜBERALL, WO'S BÜCHER GIBT
Die neue
Star Wars
Buchreihe!
Dino entertainment
WWW.DINOCOMICS.DE
© 2002 Lucasfilm Ltd. & ™.
All rights reserved. Used under authorization.